ANNA HEUSSAFF

Cois Life Teoranta

Baile Átha Cliath

Saothair eile:

Bás Tobann *(Cois Life 2004)*

Vortex *(Cois Life 2006)*

Tá Cois Life buíoch de Bhord na Leabhar Gaeilge agus den
Chomhairle Ealaíon as a gcúnamh.

An chéad chló 2007 © Anna Heussaff

ISBN 978-1-901176-76-6

Clúdach agus dearadh: Alan Keogh

Clódóirí: Betaprint

www.coislife.ie

Do mo mháthair Bríd Heussaff,

a rinne a cion féin i mbun ranganna comhrá Gaeilge

1

Caoimhe

D'oscail Neasán an doras agus tháinig sé isteach sa seomra. D'fhéach sé thart agus chonaic sé Caoimhe. Rinne sé miongháire léi, miongháire bog geanúil.

Soicind nó b'fhéidir dhá shoicind a d'fhan sé ag féachaint uirthi, an miongháire fós ar a bhéal. Ansin d'fhéach sé thart arís agus bheannaigh sé do na daoine eile sa seomra.

Tráthnóna Dé Máirt a tharla sé, seachtain ó shin. Seachtain iomlán amháin, agus chuimhnigh

Caoimhe ar an meangadh úd gach aon lá ó shin. An meangadh ó chroí a rinne Neasán léi siúd, seachas le haon duine eile sa seomra.

Tráthnóna Dé Máirt a bhí ann arís, agus bhí sí ina suí sa seomra céanna an athuair. Bhí sí féin agus daoine eile ag fanacht le Neasán. Rang Gaeilge a bhí ann, rang comhrá do dhaoine fásta a bhí ar siúl uair sa tseachtain. Neasán an múinteoir. Fear ciúin a bhí ann. Fear ciúin, nach ndéanadh meangadh dá shórt le gach bean.

D'oscail Neasán an doras agus tháinig sé isteach sa seomra. D'fhéach sé thart agus chonaic sé Caoimhe. Bhí aoibh an gháire uirthi siúd ó d'oscail sé an doras. Bhí a béal ar leathadh agus a súile ar lasadh.

Ach níor leath aon gháire ar Neasán an uair seo. Stop sé ag féachaint ar Chaoimhe go tobann. Sheas sé ina staic, agus é ag féachaint ar bhean eile. Bean éigin a tháinig go dtí an rang den chéad uair an tráthnóna sin. Bhí an bhean strainséartha ina suí ar imeall an ghrúpa. Soicind iomlán nó b'fhéidir dhá shoicind a d'fhan sí féin agus Neasán ag féachaint sna súile ar a chéile.

D'oscail an múinteoir a bhéal ach níor tháinig aon fhocal as. Ní dúirt an bhean strainséartha focal ach oiread. Ach labhair a gcuid súl lena chéile go tostach, líofa. Labhair siad lena chéile, gan focal a rá, i dteanga nár thuig Caoimhe.

Chas Neasán faoi dheireadh agus dhún sé an doras. Bhí seaicéad leathair dubh air mar aon le scaif bhán. Bhain sé de go mall socair iad, agus leag sé ar chathaoir iad. Ní raibh Caoimhe in ann a chuid gluaiseachtaí a léamh.

'Conas atá sibh anocht?' ar sé leis an rang ar deireadh. Chas sé agus d'fhéach sé ar gach duine sa seomra. Miongháire múinteora a bhí ar a bhéal anois. 'Gach duine go breá, tá súil agam?'

Thosaigh sé ag útamáil leis na nótaí a bhí ina lámh. Bhí daoine eile sa seomra ag útamáil le nótaí freisin, agus ag cogarnaíl le chéile.

'Fáilte… fáilte romhat go dtí an rang,' arsa Neasán go ciúin ansin.

Bhí sé ag féachaint ar an mbean strainséartha arís. Bhí a ceann faoi aici siúd, agus a cuid gruaige ag titim ar a súile. Thóg sí a ceann chun freagra a thabhairt ar Neasán. Ach thug duine eile sa rang freagra roimpi. Fear ard fionn, a thug freagra stadach ar an gceist a chuir Neasán ar an rang.

'Tá mé go breá, go raibh… go raibh…' Stop an fear agus d'fhéach sé thart ar an rang. *Hold on, I know this one well!'*

Maidhc ab ainm dó. Fear dúthrachtach a bhí ann. D'fhreagraíodh sé ceisteanna go minic sa rang, ach ní bhíodh an freagra ceart aige ach go hannamh.

D'fhéach sé ar ais ar an múinteoir, agus é ag iarraidh cuimhneamh ar na focail. 'Sea, go raibh mac agat, *isn't that it?'*

'I think you mean go raibh maith agat,' arsa an fear in aice leis go réchúiseach.

Clifden ab ainm dósan. Fear spraíúil a bhí ann, a bhíodh ag magadh faoi Mhaidhc go minic. Meiriceánach ab ea Clifden. Chuir sé féin is Maidhc aithne ar a chéile ar chúrsa Gaeilge i gConamara an samhradh roimhe sin.

Rinne Clifden gáire leis an bhfear eile. 'Ach b'fhéidir,' ar sé, 'b'fhéidir go gceapann tú *that Neasán has a paternal look tonight?'* Chonaic sé an t-amhras ar ghnúis Mhaidhc. *'You wished him a son, you see,'* arsa Clifden, *'instead of wishing him well!'*

Thosaigh daoine eile sa rang ag gáire. Ach ní raibh Caoimhe ina measc. Bhíodh sí mífhoighneach le Maidhc go minic. Ní raibh go leor Gaeilge ag Maidhc le bheith sa rang sin, bhí an méid sin soiléir. Ba cheart do Neasán a rá leis imeacht go dtí bunrang éigin. Agus ar aon nós, ní raibh fonn pleidhcíochta uirthi.

'Is maith linn go léir…' ar sí. Stop sí chun na focail ab fhearr a roghnú. Bhí sí ag féachaint go cairdiúil ar an mbean nua. 'Ní hea, ba mhaith liom a rá… fáilte romhat go dtí an rang. Caoimhe is ainm domsa. Agus tú féin… cad is ainm duit?'

Chas an strainséir agus d'fhéach sí ar Chaoimhe. Bhí a gruaig fhada dhubh fós ag titim ar a súile. Ach arís eile, ní bhfuair sí deis freagra a thabhairt.

'Tá brón orm,' arsa Neasán go tobann. 'Tá brón orm…ba chóir domsa an dalta nua sa rang a chur in aithne daoibh.' Leag sé a chuid nótaí ar an mbord.

'Seo í Aisling,' arsa Neasán go bog.

Thóg Aisling a ceann agus chonaic Caoimhe i gceart í. Bhí gruaig Aisling dorcha agus bhí a craiceann an-gheal. Bhí mascára dubh ar a súile, ach ní raibh aon smidiú eile uirthi. Mheas Caoimhe go raibh ribí dorcha gruaige le feiceáil ar a beol uachtair. Bhí gúna fada corcra is dubh uirthi, agus bróga móra dubha ar a cosa. Léim a súile nuair a chonaic sí go raibh Caoimhe ag faire uirthi.

Bhí Aisling níos óige ná Caoimhe. Ar ndóigh, casadh mná ar Chaoimhe an t-am ar fad a bhí níos óige ná í féin. Gach seans go raibh Aisling faoi bhun tríocha bliain d'aois. Tríocha is a seacht a bhí sí féin.

Shuigh sí suas go deas díreach sa chathaoir agus í ag faire ar Aisling. Bhí an bhean eile níos tanaí ná í freisin, dar léi. Ach níor thaitin stíl éadaí Aisling le Caoimhe. Culaith mhín, shíodúil a bhí uirthi féin. Bhí an dath bánliath ag teacht go maith le dath a cuid gruaige, a bhí fionnbhán. Thaitin éadaí dea-ghearrtha léi. Agus d'oir siad dá post freisin. Bhí sí ag obair mar bhainisteoir in eagras stáit, agus ar ndóigh, ní chaitheadh aon duine ina hoifig féin gúna fada corcra.

Bhí Neasán ag labhairt leis an rang i nguth an mhúinteora.

'Déanaigí leathchiorcal de na cathaoireacha, le bhur dtoil,' ar sé. D'fhéach sé thart ar an ngrúpa. Dáréag ar fad a bhí sa rang. 'Tosóimid an tráthnóna seo le roinnt ceisteanna agus freagraí.'

D'fhéach sé ar Chaoimhe ach ní raibh aon mhiongháire aige di an uair seo.

'Is féidir le Caoimhe ceist a chur ar Shiobhán,' ar sé. 'Tabharfaidh Siobhán freagra agus ansin cuirfidh sise ceist ar Clifden. Rachaimid timpeall ar an ngrúpa mar sin. Ceisteanna simplí ar dtús, le bhur dtoil. Cad is ainm duit? Cá bhfuil tú i do chónaí? An bhfuil tú i do chónaí ansin le fada?'

***

'Seo í Aisling.'

B'in a dúirt Neasán. Ní dúirt sé 'Seo í Aisling, tá sí ina cónaí in aice liom.' Nó 'Seo í Aisling, bhí sí i mo rang cúpla bliain ó shin.'

Bhí aithne ag Neasán ar Aisling, ceart go leor. Ach ní raibh sé féin agus Aisling ar a gcompord lena chéile, dar le Caoimhe. Ní raibh a fhios ag Neasán go raibh Aisling ag teacht go dtí an rang, mar shampla. Ba léir nach raibh siad ag ithe béile le chéile an tráthnóna roimh ré. Ní raibh siad ag glaoch ar a chéile ar an bhfón gach lá.

'Seo í Aisling,' a dúirt Neasán. Bhí rud éigin eatarthu, gan amhras. Ach pé rud a bhí ann, ní raibh siad in ann labhairt lena chéile go réidh os comhair an ranga. Rinne Caoimhe a dícheall a haird a choimeád ar obair an ranga. Ach bhí sí ag faire ar Aisling agus ar Neasán gach deis a fuair sí.

Bhí iontas uirthi, ag an am céanna, go raibh sí ag faire go géar orthu. Bhí iontas uirthi faoin díomá a bhuail í nuair a tháinig Neasán isteach sa seomra. Cinnte, bhí a fhios aici go raibh aird ar leith aici ar an múinteoir le tamall anuas. Chuimhnigh sí ar an meangadh geanúil úd gach lá le seachtain anuas. Ach chuir sí ina luí uirthi féin nach raibh ann ach cluiche beag ina hintinn.

Ní raibh aithne rómhaith aici ar Neasán fós. Anocht an séú seachtain den chúrsa Gaeilge. Uair an chloig go leith gach tráthnóna Máirt. Níos lú ná ocht n-uaire an chloig aici sa seomra céanna leis, mar sin. Seacht nó ocht n-uaire an chloig, b'in an méid, mar aon le cúpla uair an chloig eile sa tábhairne tar éis an ranga.

I seomra mór i lár na cathrach a bhí an rang ar siúl. Seomra geal néata a bhí ann, thuas an staighre ó thábhairne gnóthach. Thaitin an seomra le Caoimhe. Bhí pictiúir ar na ballaí agus bhí na cathaoireacha compordach.

D'fhanadh roinnt daoine sa tábhairne tar éis an ranga, ag ól cúpla deoch. Ó Laoire an t-ainm a bhí ar an doras, ach thugadh gach duine an Pléaráca ar an áit. B'in an t-ainm a bhíodh ar an áit tráth, de réir mar a thuig Caoimhe. Níor thaitin tábhairní léi, ach thosaigh sí ag dul go dtí an Pléaráca ar aon nós. Thaitin sé léi aithne a chur ar dhaoine nua, a dúirt sí léi féin.

Níor thug sí aird ar leith ar Neasán nuair a thosaigh an cúrsa Gaeilge. Bhí sé dhuine dhéag sa rang an chéad tráthnóna, agus thóg sé tamall féachaint thart orthu i gceart. Agus níor tháinig gach duine ar ais, ar ndóigh, tar éis an chéad nó an dara rang. Chaith Caoimhe tamall ag caint le daoine nach bhfaca sí le mí anuas. Am amú, dáiríre.

Ceathrar fear agus ochtar ban a bhí sa rang an tráthnóna seo. An seanscéal céanna, ar ndóigh, mar a bhíodh go minic i ranganna tráthnóna. Go deimhin, ní raibh an coibhneas sin ró-olc. Cúigear fear sa rang san iomlán, an múinteoir san áireamh.

Maidhc, Clifden, Seán agus James, b'in iad na fir eile sa rang. Chuir Caoimhe Maidhc as an áireamh go tapa. Bhí sé fionn agus dea-dhéanta, ach ní raibh foighne aici leis. Pé scéal é, d'aithin sí láithreach go raibh sé ró-óg di. Agus bhí Clifden ró-óg di freisin. Bhí seisean go breá cairdiúil, ach bhíodh sé ag pleidhcíocht is ag magadh go rómhinic.

Bhí Seán go deas, agus bhíodh rudaí ciallmhara le rá aige. Ach bhí sé ró-aosta, dar léi, agus seans maith go raibh sé pósta freisin. Luaigh sé a chlann cúpla uair. Iníon ar an ollscoil agus mac ag obair, ba chosúil.

D'fhág sin James, a bhí dathúil agus measartha mealltach. Bhí seisean sna tríochaidí, ón méid a thuig Caoimhe. Ach bhí cailín aige cheana, mar a d'insíodh sé don rang go minic. Mo chailín álainn, a deireadh sé leis an rang go bródúil.

Chuir Caoimhe Neasán as an áireamh freisin, nuair a chas sí leis ar dtús. Rinne sí amach go raibh seisean thart ar chúig bliana is tríocha. Ach bhí sé beagán róchiúin, dar léi. Agus ní raibh sé ard ná dea-dhéanta ach oiread. Geansaí mór a chaitheadh sé go minic seachas léine nó seaicéad néata. Geansaí ildaite a bhí air anocht. Bhí sé cosúil le béirín a bhíodh aici nuair a bhí sí óg. Béirín le féasóg chatach ar a smig bhog.

An seanscéal céanna. Ró-óg, ró-aosta. Ró-amaideach, róchiúin. Róphósta. Ró-rud éigin i gcónaí.

Ach ní raibh sí sa rang chun casadh le fear. B'in a chuir sí ina luí uirthi féin, pé scéal é. Cinnte, ba bhreá léi casadh leis an duine ceart. Ba bhreá léi casadh le fear oiriúnach, gan leas a bhaint as suíomh cleamhnais ar an idirlíon ná as turais saoire do dhaoine single. Bhíodh cúpla duine dá cairde ag gabháil dá leithéid. Mhol siad go láidir do Chaoimhe iad a thriail. Ach bhí sise fós ag súil go gcasfadh sí leis an duine ceart ar bhealach traidisiúnta.

Bhí sí sa rang seo, ar aon nós, mar gur theastaigh uaithi Gaeilge a fhoghlaim. Thaitin teangacha léi. Thaitin sé léi rudaí nua a fhoghlaim. Bhí saol breá, gnóthach aici. Thuig sí an tábhacht a bhí le saol breá gnóthach. Agus thaitin a post go mór léi. Bhí scata cairde aici. Bhí an t-ádh uirthi, mar a deireadh sí léi féin go minic.

Mheas Caoimhe go raibh Neasán go maith mar mhúinteoir. Choimeádadh sé an rang gnóthach. Le paisean a d'fhreagraíodh sé na ceisteanna a chuireadh sí féin air.

Bhí sé ag caint faoi ainmneacha nuair a tharla sé. Nuair a thug Caoimhe aird ar leith air den chéad uair, dáiríre. Bhí sé ag caint faoin gciall a bhí le hainmneacha éagsúla.

Thosaigh sé leis na mná sa rang. Sadhbh agus Eibhlín, cúpla a bhíodh ag cogarnaíl lena chéile go minic. Tara agus Michelle, beirt mhac léinn óga. Siobhán, bean ghealgháireach a thagadh go dtí an rang ar rothar. Philomena, bean chiúin aosta a raibh Gaeilge mhaith aici.

Tháinig na hainmneacha Siobhán agus Eibhlín go hÉirinn leis na Normannaigh, a mhínigh Neasán. An bhunchiall le Sadhbh ná milseacht. Cnoc a chiallaíonn an focal Teamhair, nó Tara. An cnoc úd ar a mbíodh na ríthe fadó, gan amhras. Ainm Gréigise é Philomena.

Ansin labhair Neasán faoina hainm féin, Caoimhe. D'fhiafraigh sé di ar thuig sí an chiall a bhí leis. Duine séimh, an freagra a thug sí air.

'Duine séimh, is ea,' arsa Neasán. Bhí a ghuth féin séimh, cineálta. 'Agus tá an tséimhe sin le cloisint san ainm, nach bhfuil? Éistigí leis an bhfuaim,' ar sé leis an rang.

'Caoimhe,' ar sé go mall, réidh. 'Tá na fuaimeanna bog seachas crua, nach bhfuil?' Bhí meangadh air agus é ag caint. 'Ciallaíonn d'ainm áilleacht freisin, a Chaoimhe. Áilleacht agus grástúlacht, creidim.'

D'fhan na fuaimeanna agus na focail sin ina ceann i rith an ranga. Bhí amhras uirthi, dáiríre, an raibh sí féin séimh mar dhuine. Ach thaitin an méid a dúirt Neasán go mór léi. Agus thaitin an bealach cainte a bhí aige léi.

Chuaigh sí go dtí an tábhairne tar éis an ranga an tráthnóna sin. Thosaigh sí ag comhrá i gceart le Neasán.

Trí sheachtain ó shin a tharla sé, agus bhí iontas uirthi fós go raibh sí meallta.

'Neasán, tá ceist agam.'

Sadhbh a bhí ag caint sa rang anois. Bhí sí ina suí in aice lena leathchúpla Eibhlín, mar a bhíodh de ghnáth. Bhí Sadhbh singil agus Eibhlín pósta.

D'fhanadh Sadhbh sa tábhairne agus théadh Eibhlín abhaile go dtí a fear céile is a clann óg.

'Neasán,' arsa Sadhbh, 'cad é an focal ceart nuair atá tú ag caint le… *more than* duine amháin? Cad is ainm dóibh? Nó cad is ainm daoibh?'

Neasán. Bhí a ainm féin bog, béasach, mar a bhí seisean. Chuimhnigh Caoimhe ar an gcomhrá fada a bhí aici leis sa tábhairne an tseachtain roimhe. Bhí slua san áit agus bhí sí féin is Neasán ina seasamh anghar dá chéile. Bhí siad buailte lena chéile, gualainn le geansaí. Bhí orthu féachaint sna súile ar a chéile nuair a bhí siad ag caint.

Thug Caoimhe a shúile faoi deara don chéad uair. Dath donn a bhí orthu. Bhí siad cosúil le linnte uisce ar phortach ciúin, dar léi.

Go dtí sin, bhí sí buartha go raibh sé róchúthaileach. Ach b'fhéidir go raibh sé smaointeach seachas cúthaileach.

A Neasáin. B'in a dúirt sí leis nuair a chuir sí ceist éigin air sa tábhairne. 'A Neasáin,' agus an tuiseal gairmeach in úsáid aici mar ba cheart nuair a labhair tú le duine i nGaeilge. Ina leabhar gramadaí féin sa bhaile a léigh sí píosa faoin tuiseal gairmeach. Ní dúirt Neasán rud ar bith sa rang faoi, agus ní raibh sé in úsáid ag Sadhbh ar ball. 'Neasán, tá ceist agam,' a dúirt sise go lom, mar a bhí i mBéarla.

Bhí Neasán sásta nuair a chuala sé an tuiseal gairmeach i mbéal Chaoimhe. Chuimhnigh sí ar an rud a dúirt Neasán léi sa tábhairne. Rinne an tuiseal gairmeach nasc idir tú agus an duine eile, a dúirt sé. Thaispeáin sé go raibh tú ag smaoineamh ar an duine eile nuair a labhair tú leis nó léi.

'A Neasáin,' ar sí os ard sa rang anois. 'Tá ceist eile agamsa.'

Tháinig luisne ar Chaoimhe nuair a d'fhéach Neasán ina treo. Bhí an tuiseal gairmeach ina nasc eatarthu san aer, dar léi. D'airigh sí gur leag sí a lámh air go cneasta nuair a labhair sí leis as a ainm.

'A Neasáin,' ar sí arís, agus a pléisiúr san ainm ag méadú. Bhí a ainm á chuimilt aici lena guth. 'Tá ceist agam ort,' ar sí. 'Ceist faoi conas mar a athraíonn ainmneacha sa tuiseal gairmeach.'

Bhí an rang ar fad ag féachaint uirthi anois.

'Tuigim,' ar sí, 'go n-athraíonn roinnt ainmneacha nuair… nuair a bhíonn tú ag caint le duine eile. Sin an tuiseal gairmeach, nach ea?'

Bhí Neasán ag féachaint uirthi go socair. Ní raibh sí in ann a ghnúis a léamh.

'An cheist atá agam ná… An athraíonn gach ainm mar an gcéanna?' Ní raibh Caoimhe cinnte go raibh an cheist soiléir. 'Tá a fhios agam conas d'ainmse… conas Neasán a rá sa tuiseal gairmeach, ceapaim. Ach cad faoi m'ainm féin, mar shampla, a chríochnaíonn le guta?' D'fhéach sí thart ar na daoine eile sa rang. 'Agus cad faoi ainm a thosaíonn le guta? An t-ainm Aisling, mar shampla?'

Tháinig luisne thréan ar Chaoimhe. Thóg Aisling a ceann go tapa. Léim a dearc i dtreo Chaoimhe.

Smaoinigh Caoimhe ar shampla eile. 'Nó b'fhéidir, 'ar sí, 'ainm nach bhfuil... nach bhfuil i nGaeilge, cosúil le James?'

Níor thug an múinteoir freagra uirthi láithreach. Bhí clár bán aige i gcúinne an tseomra. Tharraing sé amach é agus thosaigh sé ag scríobh. 'Ceist shuimiúil,' ar sé ar ball, agus é ag casadh ar ais go dtí an rang. 'Rud ar leith sa Ghaeilge is ea an tuiseal gairmeach.'

Bhí roinnt ainmneacha scríofa aige ar an gclár. A Chaoimhe. A Aisling. A James. Chas sé agus scríobh sé cúpla sampla eile don rang. A Sheáin. A Shiobhán.

Shuigh Caoimhe siar sa chathaoir. Bhí sí ag súil go ndéarfadh Neasán na samplaí os ard. A hainm féin, agus ansin ainm Aisling. An ndéanfadh sé miongháire léi féin ansin, nó leis an mbean nua? An mbeadh sí in ann a ghnúis a léamh?

'Mar a fheiceann sibh,' arsa Neasán go mall, 'ní athraíonn gach ainm ar an tslí chéanna. Tá difríocht ann, mar shampla, i gcás ainmneacha fear agus ban. Agus ní chloistear an 'a' sin roimh an ainm i ngach cás.'

Leag sé uaidh an marcóir a bhí ina lámh. 'Ach éistimis leo os ard,' ar sé. 'Bainigí féin triail astu ar dtús. A Sheáin, abair tusa an chéad ainm, le do thoil. Is féidir le Michelle an dara ceann a rá agus mar sin de.'

Ní raibh an béirín ag blaiseadh den phota meala. Bhí smacht an mhúinteora ar a ghuth. Níor theastaigh uaidh ainm Chaoimhe a chuimilt, ná a lámh a leagan uirthi go cneasta.

D'airigh sí an t-uaigneas istigh inti, a bhí cosúil le dorchadas i bpluais sléibhe. An t-uaigneas céanna sin a bhí roimpi ina teach folamh gach tráthnóna nuair a chuaigh sí abhaile.

Chuala sí daoine thart uirthi ag gáire. Bhí James ag caint faoin tuiseal gairmeach.

'*What this reminds me of,*' ar sé, '*is* rud éigin a dúirt mo chailín álainn Sarah liom *once.* Tá *as much* Gaeilge aici *as* Béarla, dúirt mé an rud sin libh, *didn't I?* Tá mé sa rang seo *all for her,* gan dabht, chun go mbeidh sí sona sásta!'

Chuimil James a lámha lena chéile. Fear gnaíúil a bhí ann, a tógadh i Londain. B'as Trinidad dá mháthair agus b'as Éirinn dá athair.

'A Jimmy mo mhíle stór, *that's what she said to me,*' ar sé go bródúil. '*And I wasn't all that bothered about this* tuiseal gairmeach *whatever you call it at that moment, I can tell you all!*'

2

Neasán

A Jimmy mo mhíle stór.

A Dhónaill Óig, má théann tú thar farraige. A Shiobhán Ní Dhuibhir, is tú bun agus barr mo scéil. Amhráin ghrá na Gaeilge, iad breac leis an tuiseal gairmeach.

Chuala Neasán focal na n-amhrán ag greadadh ina cheann. A chara mo chléibh, tá na sléibhte idir mé agus tú. Agus shíl mé a stóirín go mba ghealach agus ghrian tú.

Bhí mearbhall ag teacht air. Bhí sé deacair dó smacht a choimeád ar a smaointe. Bhí Aisling ina suí sa rang os a chomhair. Bhí Caoimhe ag cur ceisteanna air faoin tuiseal gairmeach. Bhí an rang ar fad ag stánadh air, dar leis.

A chumainn mo chroí istigh, an cuimhin leat an oíche úd? Grá agus uaigneas ag gabháil le chéile i gcónaí. Amhráin agus ceisteanna ag greadadh ina cheann.

Ceisteanna faoi Aisling. Cén fáth ar tháinig sí go dtí an rang? Cad a theastaigh uaithi? Cad a theastaigh uaidh féin?

Ceisteanna eile faoi Aisling. Cén fáth ar imigh sí go Sasana bliain roimhe sin? Cén fáth nár fhreagair sí na glaonna fóin a chuir sé uirthi?

Bhí an rang ag fanacht le treoir uaidh. Bhí siad ag éirí mífhoighneach, dar leis. An múinteoir nach raibh in ann labhairt lena rang. Bhí smacht aige ar a ghuth go dtí gur thosaigh Caoimhe ag caint faoin tuiseal gairmeach. Go dtí gur thosaigh amhráin agus cuimhní ag greadadh ina chloigeann.

A chuid is a rún. A mhuirnín ó. Na focail úd a deireadh Aisling leis. Na focail úd a mheall an chéad lá riamh é.

A stór, a stór, a ghrá, an dtiocfaidh tú nó an bhfanfaidh tú?

'Ceart go leor,' arsa Neasán leis an rang ar deireadh. Bhí buillí a chroí ag pléascadh ina chluasa. Bhí dearmad déanta aige cén ceacht a bhí le déanamh aige leis an rang.

'Ceart go leor,' a dúirt sé arís. Bhí ceachtanna scríofa ina chuid nótaí. Thosaigh sé ag útamáil leis na nótaí ach thit cuid de na leathanaigh as a lámh.

'Déanfaimid cluiche beag anois,' ar sé. Chrom sé chun na leathanaigh a chur in ord. Ní raibh sé cinnte conas a d'oibreodh an cluiche. Ach bhí an rang ag fanacht le treoir.

'Déanfaimid an obair i bpéirí,' ar sé. 'Sadhbh agus Eibhlín le chéile, mar shampla. Smaoineoidh Sadhbh ar rud éigin atá istigh ina mála. Ansin tomhaisfidh Eibhlín cad é an rud sin, agus iarrfaidh sí ar Shadhbh é.' D'fhéach sé timpeall ar an rang. 'Aon duine gan mhála, lig ort go bhfuil ceann agat, le do thoil.'

Chas Neasán go dtí an clár agus thosaigh sé ag scríobh amach an sampla. Rinne sé a dhícheall an sampla a mhíniú go mall, socair.

'Cuirfidh Eibhlín ceist ar Shadhbh ar dtús. 'An bhfuil peann agat i do mhála?,' mar shampla. 'Níl peann agam i mo mhála,' an freagra ó Shadhbh, nó 'tá peann agam i mo mhála.' Leanfaidh Eibhlín ag cur ceisteanna go dtí go mbeidh an rud ceart aici. Agus ansin déarfaidh sí 'Tabhair dom an t-airgead atá i do mhála,' mar shampla. Is féidir le Sadhbh a rá ansin, 'seo duit é agus fáilte.'

Ní raibh Neasán cinnte gur mhínigh sé an cluiche i gceart. Ach bhí daoine ag dul i bpéirí le chéile. D'fhéach sé ar Aisling. Bhí sé ag iarraidh dul i bpéire léi. Bhí sé ag iarraidh deis a fháil labhairt léi go ciúin.

'Tá brón orm, *Nessan,*' arsa Maidhc go tobann, 'ach ní thuigim *just one thing.*'

Bhí guth breá soiléir ag Maidhc. Ní raibh Neasán in ann neamhaird a dhéanamh de.

'Ní thuigim.. *this* dom *and* agam *business,* an bhfuil a fhios agat?' arsa an fear fionn. '*What we're really saying is* do mé *and* ag mé, an bhfuil sin ceart? *To me is the same as* do mé, *isn't that it, Nessan?*'

Rinne an múinteoir a dhícheall éisteacht go foighneach. Ní raibh Maidhc in ann an t-ainm Neasán a rá i gceart, fiú. Go deimhin, tháinig amhras ar Mhaidhc faoina ainm féin cúpla uair. *Mike* a bhíodh air go dtí gur thosaigh sé ag freastal ar chúrsaí Gaeilge. Bhí sé tógtha leis an litriú Gaeilge ina dhiaidh sin, ach chuir sé amú é. 'Madic' a thug sé air féin tráthnóna amháin, agus 'Maidch' a scríobh sé ar ócáid eile.

'*So if* do mé *and* ag mé *is what they really mean,*' arsa Maidhc, '*why can't we just come out straight and say them like that?*'

D'fhreagair Neasán an cheist go gonta. Bhí gach teanga difriúil, a dúirt sé. 'Dom' a bhí i nGaeilge, agus 'to me' a bhí i mBéarla. 'Tá sé agam' a bhí i nGaeilge, agus 'I have it' a bhí i mBéarla. B'in mar a bhí.

Nuair a d'fhéach sé ar ais ar Aisling, chonaic sé Caoimhe ina suí in aice léi. Bhí páirtí ag gach duine eile seachas Maidhc. Dúirt Neasán leis an bhfear fionn suí síos le Seán agus Philomena. Fear breá, a dúirt sé leis féin faoi Mhaidhc. Fear breá éirimiúil, gach seans, ach nach raibh sé sásta imeacht go dtí bunrang Gaeilge.

An bhfuil leabhar agat i do mhála? Níl leabhar agam i mo mhála. Bhí roinnt daoine ag cleachtadh go ciúin. Bhí daoine eile ag tosú ag gáire. Tabhair dom an eilifint atá i do mhála. Seo duit an eilifint atá i mo mhála. D'éist Neasán leis na guthanna sa rang agus thosaigh a chroí ag ciúnú.

Sheas sé in aice leis an bhfuinneog. Bhí an tráthnóna dorcha agus bhí soilse na sráide ar lasadh lasmuigh. Bhí soilse na ngluaisteán ag glioscarnach freisin agus iad ag imeacht thar bráid. Bhí daoine ag dul abhaile ón obair, nó ag siopadóireacht go mall sa tráthnóna. Chuir an domhan mór lasmuigh den fhuinneog iontas ar Neasán agus é ag féachaint amach. Ba dheacair dó a chreidiúint go raibh sé féin lasmuigh tamall roimhe sin. Lasmuigh den seomra, agus gan a fhios aige cé a bhí laistigh.

Chonaic sé domhan eile san fhuinneog freisin. Bhí an fhuinneog cosúil le scáthán, a thaispeáin an rang laistigh den seomra do Neasán. Chonaic sé Aisling agus Caoimhe san fhuinneog, ag cleachtadh abairtí le chéile.

Bhí Aisling ciúin agus an bhean eile cainteach, de réir mar a chonaic Neasán. Chrom Aisling a ceann tar éis di freagra a thabhairt agus thit a cuid gruaige ina súile. Chlaon Caoimhe isteach chuici le tuilleadh ceisteanna. Bhí Aisling doicheallach agus an bhean eile díograiseach.

Bhí Caoimhe ag fáiltiú roimh Aisling sa rang, ba chosúil. Bhí Caoimhe cairdiúil, cuiditheach, mar a thuig Neasán cheana. Bhí suim aici i gcúrsaí gramadaí nach raibh ag mórán daoine eile. Fiú sa tábhairne, bhíodh fonn uirthi ceisteanna gramadaí a phlé.

Thaitin Caoimhe leis. Thaitin a díograis leis. Bhí sé ag smaoineamh uirthi nuair a tháinig sé isteach sa rang anocht. Bhí fonn air aithne níos fearr a chur uirthi.

Agam, agat. Dom, duit. Focail a rinne caidreamh idir daoine. Focail a rinne nasc idir daoine, dar le Neasán. Rud éigin den sórt céanna a dúirt sé le Caoimhe nuair a bhí siad ag caint faoin tuiseal gairmeach sa tábhairne.

Chas Neasán ón bhfuinneog. Tháinig fearg air go tobann le hAisling. Tháinig sí go dtí an rang gan focal a rá leis féin roimh ré. Bhí sí ina suí sa rang anois gan focal aisti. Bhí Caoimhe ag iarraidh fáiltiú roimpi, ach ní raibh Aisling cairdiúil in aon chor leis an mbean eile.

Dom, duit. Agam, agat. Bhí nasc idir é féin agus Aisling go dtí gur imigh sí go Sasana go tobann. Sé mhí a chaith siad le chéile. Sé mhí, go dtí gur fhág Aisling é go tobann. Bliain iomlán a bhí ann anois ó tharla sin. Bliain fhada ag cuimhneamh uirthi. Bliain fhada ag iarraidh gan cuimhneamh uirthi.

Bhíodh Aisling ciúin, doicheallach amanna nuair a bhídís le chéile. Ba chuimhin le Neasán é sin go soiléir. Chaitheadh sí toitín cé go mbíodh a fhios aici gur chuir an boladh as dó. Chuireadh sí ceol ar siúl ina hárasán agus ní labhraíodh sí leis in aon chor. Snagcheol duairc nó a leithéid, nach dtaitníodh mórán leis. Thar aon rud eile, ní thaitníodh an tost doicheallach leis.

Tost agus caint. Ar ócáidí eile bhíodh tost álainn suaimhneach idir é féin agus Aisling. Sa tost eile sin a bhraitheadh sé an nasc eatarthu beirt. An nasc agus an tuiscint a roinn siad ar an saol, dar leis. Thuig siad beirt go raibh an saol crua, b'in a bhraitheadh sé. Thuig siad é gan é a rá amach os ard.

Caint agus tost. Nuair a bhíodh Aisling cainteach, thaitníodh sin go mór leis féin freisin. Ba bhreá leis éisteacht léi ag cur síos ar a cuid oibre, mar shampla. Bhí sí ag obair mar sheandálaí, ar láthair i lár na cathrach. Bhí oifigí nua le tógáil ar an láthair agus bhí tochailt ar siúl faoi dheifir. Ba bhreá léi labhairt faoi conas mar a bhí carnán cloch nó bráisléad briste in ann scéal iomlán a insint faoin saol fadó.

Ba dhuine taghdach í Aisling. Bhíodh sí tostach seal, spleodrach seal. Thagadh athrú ar a haoibh gan choinne. Thosaíodh sí ag caint is ag cur ceisteanna air féin go tobann. Chuireadh sí ceol Laidineach ar siúl agus thosaíodh sí ag rince sa chistin.

Bhíodh iontas air ansin go raibh sí i ngrá leis. Bhíodh sé féin ciúin, cúthaileach léi go minic. Róchiúin is ródhoicheallach. Chuireadh Aisling ceisteanna air agus ní bhíodh sé in ann iad a fhreagairt.

Bhíodh eagla air insint di faoin saol a bhí aige féin tráth. Na blianta a chuir sé amú. An scéal mór ina shaol. Thuig Aisling go raibh an saol crua, dar leis, ach ní raibh sé cinnte an dtuigfeadh sí dó agus an scéal a bhain leis.

Dom, duit. Uaim, uait. A chuid is a chumainn. Nascanna idir daoine. Grá agus uaigneas. Ní fearg amháin a d'airigh Neasán sa seomra ranga agus é ag féachaint ar Aisling.

Tháinig píosa ceoil ina cheann go tobann. Ó tabhair dom do lámh, ó tabhair dom do lámh.

Shuigh sé siar ar leac na fuinneoige. Thosaigh a chroí ag greadadh arís ina chliabhrach.

Ó tabhair dom do lámh. Ó tabhair domsa póg.
Tabhair dom barróg is grá mór do chroí.

'Ceart go leor,' ar sé os ard. Chuala sé na focail ag léim amach as a bhéal. Ná habair an rud mícheart, a dúirt sé leis féin. Ná habair amach an rud atá istigh i do chroí. An rud is gaire don chroí is é is gaire don bhéal.

'Ceart go leor,' ar sé arís. Labhair sé go mall, réidh. D'iarr sé ar gach duine sa rang páirtí nua a roghnú. Sheas sé in aice le Caoimhe agus Aisling. D'iarr sé ar Chaoimhe dul i bpéire le Tara. Chomharthaigh sé d'Aisling suí síos arís san áit chéanna. Shuigh sé féin síos in aice léi.

Dúirt sé leis an rang go raibh cluiche nua le himirt acu. An uair seo, bhí ar dhuine amháin smaoineamh ar rud éigin ba mhaith leis a dhéanamh. Bhí ar an duine eile an rud sin a thomhas. 'Ar mhaith leat dul ar do laethanta saoire?' an cheist ag duine amháin, mar shampla. 'Níor mhaith liom dul ar mo laethanta saoire,' freagra an duine eile. Nó 'ba mhaith liom dul ar mo laethanta saoire,' má bhí an tomhas i gceart.

Thosaigh an rang ar an obair. Chas Neasán i dtreo Aisling. Bhí a gruaig fhada ag sileadh léi. Bhí sí ag slíocadh a cuid gruaige lena lámh. Bhí a súile ag léim agus í ag féachaint air go tostach.

Chlaon sé isteach chuici. Bhí eagla air go raibh daoine eile sa rang ag faire ar an mbeirt acu.

'Ar mhaith leat…?' ar sé léi go mall.

B'fhéidir go raibh sé ina shuí róghar di. Chonaic sé na ribí dorcha gruaige ar a beol uachtair. Chuimhnigh sé go tobann ar lá a chaith siad le chéile cois trá. Lá cois trá nuair a luigh sé in aice léi ar an ngaineamh. Nuair a shlíoc sé a lámh dheas ar bheola Aisling. Nuair a chomhair sé os ard na ribí boga míne sin, ceann ar cheann. An bheirt acu ag gáire, go dtí gur phóg sé a beola go mall, cíocrach.

An lá céanna sin a bhí sé chun a scéal a insint di. An scéal nár inis sé go dtí sin ach dá dheirfiúr féin. Bhí eagla air an scéal a insint d'Aisling. Ach bhí na focail ina bhéal an lá sin. Bhí sé ar tí iad a rá.

'Ba mhaith liom…,' a dúirt sé le hAisling ar an trá. 'Níl a fhios agam cad é an bealach is fearr…'

Ach ansin thug sé faoi deara nach raibh Aisling ag éisteacht leis. Bhí sí ag féachaint amach ar an bhfarraige. Bhí a cuid gruaige fada á slíocadh aici. Bhí sí gafa ag a cuid smaointe féin. Níor theastaigh uaithi aon scéal dá chuid a chloisint.

D'imigh an deis. D'imigh a mhisneach. Shlog sé na focail gan iad a rá.

Dúirt sé leis féin go mbeadh deis eile aige. Ach níor fhill a mhisneach air ina dhiaidh sin.

Mhéadaigh ar an tost doicheallach eatarthu de réir a chéile.

'Ba mhaith liom d'uimhir fóin a fháil uait, le do thoil,' arsa Neasán léi anois. 'Rinne mé iarracht glaoch ort arís is arís eile bliain ó shin, ach is dócha go raibh uimhir nua faighte agat.'

Bhí eagla ar Neasán go raibh daoine eile sa rang in ann a chuid cainte a chloisint. 'Ní féidir linn caint lena chéile anseo sa rang,' ar sé. 'Ach beidh deis againn caint lena chéile níos déanaí, tá súil agam.'

***

Deich nóiméad go dtí am sosa.

Bhí an seomra ag éirí te. Bhí an t-aer ag éirí trom. Bhí Neasán ag éirí tuirseach.

Bhí comhrá ar siúl ag an rang faoi Oíche Shamhna, a bhí ann cúpla lá roimhe sin. An báirín breac a rinne Eibhlín dá clann. An méid a dúirt Seán leis na déagóirí a chaith pléascán ina ghairdín. Na húlla a thug Philomena do na páistí a tháinig go dtí an doras.

Bhí comhrá de shórt eile ag greadadh fós i gcloigeann Neasáin. Na botúin a rinne sé ina chaidreamh le hAisling. An méid a dúirt sise roimh di imeacht go Sasana. An grá a thug siad dá chéile. An grá a tháinig chun deiridh go tobann, ba chosúil.

'Gabh mo leithscéal,' arsa Siobhán. 'Tá ceist agam faoi rud éigin…faoi *something I'm remembering from my schooldays. Yes*, briathra neamhrialta, *isn't that what you call them, when the past and the future don't match? Briathra neamhrialta are irregular verbs, aren't they?*'

'*What did she say?*' arsa Maidhc le James. '*Something about* briathra *non-reasonable?*'

'*What I'm wondering,*' arsa Siobhán, *'is* cén fáth go

bhfuil briathra neamhrialta ann? Cosúil le "thug mé" agus "tabharfaidh mé," *isn't that an example?* Nó "rinne mé" agus "déanfaidh mé?"' Rinne sí miongháire leithscéalach le Neasán. '*What I mean is,* an bhfuil na cinn chéanna i ngach teanga?'

Níor thug Neasán freagra láithreach uirthi. Ní raibh róshuim ag Siobhán i gcúrsaí gramadaí, dar leis. Ach thugadh sí a dhúshlán anois is arís le cruacheist.

'An féidir liomsa rud éigin a rá faoi sin?'

Caoimhe a bhí ag caint. Bhí sí ina suí suas ina cathaoir, agus a súile ar lasadh le díograis.

'Na briathra a úsáidimid go minic - cosúil le déanaim, feicim, deirim - sin iad na briathra atá neamhrialta, ceapaim,' arsa Caoimhe.

Bhíodh Neasán cainteach mar mhúinteoir de ghnáth. Lasmuigh den seomra ranga a bhíodh sé ciúin, cúthaileach. Ach fuair sé deacair é aon cheist a fhreagairt an tráthnóna seo. Bhí áthas air go raibh Caoimhe ag cabhrú leis.

'B'fhéidir go mbíonn siad neamhrialta… *because they're being used so much,'* arsa Caoimhe le Siobhán. 'Bíonn siad ag obair go crua…' Rinne Caoimhe meangadh le Neasán. 'Tá brón orm, nílim ag iarraidh do jab a dhéanamh. Ach bíonn na briathra sin, *the common ones,* neamhrialta i ngach teanga atá ar eolas agam…'

'Tá fáilte romhat mo jab a dhéanamh,' arsa Neasán léi. Rinne sé meangadh ar ais le Caoimhe. Thaitin sí leis. B'fhéidir gur cheap daoine eile go raibh sí ródhúthrachtach sa rang. Ach ní raibh aon locht aige siúd ar a dúthracht.

'Tá an ceart ag Caoimhe,' arsa Neasán leis an rang ansin. Thug sé faoi deara conas mar a ghluais béal Chaoimhe nuair a bhí meangadh uirthi. D'athraigh a gnúis ar fad, dar leis. D'fhan an dúthracht is an díograis úd a thaitin leis, ach d'imigh an líne chrua a chonaic sé ar a béal cheana.

'Tá briathra neamhrialta i ngach teanga atá ar eolas agamsa freisin,' ar sé anois. 'Ní bhíonn gach rud de réir patrúin shimplí riamh. Agus ní bhaineann sin leis na briathra amháin…'

'*Vive la différence, you mean?*' arsa Siobhán.

Thosaigh duine nó beirt sa rang ag gáire. Thosaigh Tara agus Michelle ag cogarnaíl lena chéile. Bhí Philomena ag útamáil ina mála. Cúig nóiméad eile go dtí am sosa. D'iarr Neasán ar gach aon duine deich n-abairt a scríobh faoi Oíche Shamhna. Sheas sé ina staic ag féachaint orthu ag obair.

Bhí mearbhall air arís. Chuimhnigh sé go tobann ar an méid a dúirt sé, nuair a bhí sé ag caint leis an rang faoi ainmneacha. Nuair a d'inis sé do Chaoimhe cén chiall a bhí lena hainm. Séimhe, áilleacht agus grástúlacht, a dúirt sé léi. Ní raibh iontu ach focail ag an am úd. Ach ní focail a chonaic sé os a chomhair anois. Las Caoimhe le háilleacht, dar leis, nuair a labhair sí amach go díograiseach leis an rang.

Bhí mearbhall air. Bhí Aisling ina suí os a chomhair. Theastaigh uaidh labhairt go ciúin léi i rith am sosa. Ach níor theastaigh uaidh labhairt léi agus Caoimhe sa seomra céanna.

Bhí Caoimhe cairdiúil. Bhí sí mealltach, álainn, mar a chonaic sé go soiléir anois. Ach cén mhaith smaoineamh ar a leithéid? Bhí Caoimhe ag meangadh leis mar gur thaitin sé léi briathra neamhrialta a fhoghlaim. Bhí sí cairdiúil lena múinteoir mar gur chuir sí suim in obair an ranga. Amaidíocht a bheadh ann a mhalairt a cheapadh.

Agus seans maith go raibh fear breá ag Caoimhe cheana. Fear dea-ghléasta, snasta, gan amhras. Fear le post maith stuama mar a bhí aici féin, seachas fear a mhúin ranganna Gaeilge anseo is ansiúd.

Ba mhaith le Neasán féin gléasadh i gculaith dhea-ghearrtha. Ba mhaith leis post maith stuama a fháil lá éigin. Ach ní raibh a fhios aige cén uair a bheadh an deis sin aige. Céim amháin san am, tar éis ar tharla ina shaol.

D'iarr Neasán ar roinnt daoine sa rang a gcuid abairtí a léamh amach. Lig sé air go raibh sé ag éisteacht leo. Bhí mearbhall air. Mearbhall faoi Chaoimhe. Mearbhall faoi Aisling.

Ní raibh a fhios aige cad a theastaigh uaidh a rá le hAisling. Ní raibh a fhios aige cad a theastaigh uaidh a chloisint uaithi.

Chuimhnigh sé arís ar an tráthnóna deireanach sin, nuair a dúirt Aisling go raibh sí ag imeacht go Sasana. Tá brón orm ach táim ag imeacht amárach, ar sí. Bhíomar mór le chéile ach táim ag fágáil slán agat.

Ní thuigim, a dúirt Neasán léi an tráthnóna sin. Ní thuigim cad a tharla. Cheap mé go raibh tú i ngrá liom. Tá a fhios agat go bhfuilimse fós i ngrá leatsa.

Cinnte, a dúirt Aisling leis ansin. Cinnte, bhíomar mór le chéile ar feadh seal. Chuamar ag siúl le chéile, chuamar go dtí ceolchoirmeacha le chéile, chuamar ag ól le chéile. Chuamar anseo is ansiúd, ach ní dheachamar sa seans le chéile. Níor inis tú mórán dom faoi do shaol, a Neasáin. Níor chas mé le mórán de do chairde. Níor chuir tú mé in aithne do d'athair ná do do mháthair. Níl a fhios agam fós cé tú féin, a Neasáin.

Pian agus mearbhall. Bliain fhada ag cuimhneamh ar Aisling. Ar imigh sí go Sasana chun éalú uaidh féin? Nó an raibh fear eile ag fanacht léi thall? An féidir go raibh sí ag súil le leanbh? Ba dheacair dó a leithéid a chreidiúint.

Ceisteanna gan réiteach. Bliain fhada ag iarraidh gan cuimhneamh ar Aisling.

Gheit Neasán go tobann. Bhí gléas fóin ag bualadh in áit éigin sa seomra. Thosaigh daoine ag útamáil is ag cuardach ina málaí.

'Dúirt mé libh na fóin a chur as…' ar sé go crosta. Ansin thuig sé cén fón a bhí ag bualadh. A cheann féin a bhí ann. D'fhág sé an gléas fóin ar a bhord beag, nuair a thug Aisling a huimhir dó. A dheirfiúr a bhí ag glaoch air, seans. Bhí Lasairíona ina cónaí gar don Phléaráca agus chasadh sí leis sa tábhairne ó am go ham.

Stop an fón ag bualadh díreach agus é ag siúl i dtreo an bhoird.

'Tá brón orm…' ar sé leis an rang. Ach ghearr Clifden isteach air.

'*Tá tú okay,*' ar seisean agus é ag gáire. 'Cad é an seanfhocal sin, *the one you had last week?* "Is binn fón ina thost," *wasn't that it?*'

'Níl sin ceart,' arsa Maidhc. '*I wrote down that one carefully, and it wasn't about a phone…*'

'Is binn do bhéalsa ina thost, Madic!' arsa Clifden go spraíúil lena chara.

Am sosa, a dúirt Neasán leis an rang. Chonaic sé Aisling ag féachaint air. Ach ní bhfuair sé deis aon rud a rá léi. Bhí Maidhc ag teacht ina threo. Agus bhí Caoimhe ina seasamh in aice leis an mbord, agus í ag fanacht leis freisin.

3

Aisling

Óinseach. Pleidhce. Duine gan chiall. Cad a rinne tú?

Tú i do shuí ansin sa rang gan focal asat. Neasán bocht ina staicín ag féachaint ort. An rang ar fad ag stánadh.

Botún a bhí ann. Botún mór a bhí ann teacht go dtí an rang. An nóiméad a d'oscail Neasán an doras, bhí a fhios agat go raibh botún déanta agat.

Bhí Aisling ina suí sa tábhairne. Bhí sí ag argóint léi féin ó shuigh sí síos. Bhí sí ag iarraidh stop a chur leis an argóint istigh ina cloigeann.

Ná bac. Éirigh as. Níl aon mhaith a bheith ag gearán. Rinne tú botún mór ach beidh gach rud ina cheart. Tuigfidh Neasán an scéal. Nó b'fhéidir nach dtuigfidh.

Ní raibh an tábhairne gnóthach. Bhí Aisling ina suí léi féin ag bord beag. Ní raibh aon deoch os a comhair. Bhí sí ag fanacht le Neasán. Bhí moill éigin air, ba chosúil.

Ní raibh a fhios aici an mbeadh deoch ag teastáil ó Neasán. B'fhéidir gur mhaith leis dul amach faoin aer. B'fhéidir nár mhaith leis labhairt léi istigh sa tábhairne, agus daoine eile ón rang ag féachaint orthu. Ní raibh sí cinnte.

Shuigh Aisling siar ar a suíochán, a raibh clúdach de veilbhit dhearg air. D'fhéach sí thart uirthi. Bhí an-athrú ar an tábhairne, ón uair a mbíodh sí ag teacht ann le Neasán cheana. Bord adhmaid donn a bhí os a comhair. Bhí boladh snasa ón adhmad, boladh a bhain le seansaol agus le seantábhairní. Bhí lampa ornáideach os a cionn, a chaith solas buí uirthi. Bhí an troscán agus na feistis ar fad sa tábhairne ar an tseanstíl.

Ach bhí a fhios ag Aisling nach raibh an tábhairne ar an tseanstíl i gcónaí. Tábhairne nua-aimseartha a bhí ann an bhliain roimhe sin. Dath dubh a bhí ar an troscán lonrach. Thagadh athrú ar dhath na soilse i rith an tráthnóna, ó liathchorcra go buídhearg. An Pléaráca an t-ainm a bhí ar an áit cheana, seachas an t-ainm traidisiúnta a bhí ar an doras anois.

Athraíonn rudaí, a dúirt sí léi féin. Thuig sí é sin go maith óna cuid oibre mar sheandálaí. Tháinig athrú ar stíl an tábhairne seo arís is arís eile i gcaitheamh céad nó dhá chéad bliain. Bhíodh foirgneamh éigin eile ar an láthair sula raibh tábhairne ann. Bhí scéalta le hinsint ag cloch is ag cré thíos faoin urlár.

Athraíonn rudaí. Tháinig athrú ar a lán rudaí in Éirinn i rith na bliana a chaith sí i Sasana. Tháinig athrú uirthi féin ó chonaic sí Neasán go deireanach. Agus air siúd freisin, gan amhras.

Ceithre nóiméad ó d'fhág sí an seomra ranga. Bhí Aisling ag faire go rialta ar a huaireadóir. Botún a bhí ann, b'fhéidir, teacht anuas an staighre. Botún a bhí ann gan focal éigin a rá le Neasán. Ach bhí sí ag iarraidh imeacht as an seomra sin. Bhí sé rógheal, rónéata. Ní raibh sí ar a compord ann. Ní raibh sí ar a compord leis na daoine eile sa rang.

Anois bhí sé deacair suí ina haonar thíos sa tábhairne. Ní raibh gloine ná nuachtán ina lámh. Bhí an solas buí os a cionn cosúil le spotsolas. Lampa ar an tseanstíl a bhí ann, ceart go leor, ach d'airigh sí go raibh sí ar taispeáint don saol mór faoin solas. Bhí sí cosúil le haisteoir ar stáitse, gan línte ná ról sa dráma.

Bhí beirt fhear ón rang ag an mbord in aice léi. Beirt chairdiúil, ón méid a chonaic sí sa rang. Seán ab ainm do dhuine acu, an fear meánaosta le súile cneasta. Meiriceánach ab ea an fear eile. Bhí ainm éigin air a bhain le hiarthar na hÉireann. Corrib nó Kinvara nó rud éigin mar sin. Ní hea, Clifden.

Chonaic Aisling an bheirt fhear ag miongháire léi. Seans go raibh trua acu di. Gan focal le rá aici ó thús an ranga. Nó b'fhéidir go raibh siad ag iarraidh fáiltiú roimpi.

Rinne sí meangadh ar ais leo. Bhí siad cairdiúil agus níor cheart di a bheith buartha fúthu. Ní chuireadh sé as di de ghnáth a bheith ina haonar. Bhíodh sí breá ábalta seasamh ar a cosa féin de ghnáth. Chuaigh sí go Sasana léi féin, gan aithne aici ach ar dhuine nó beirt thall. Fuair sí post agus árasán di féin. Bhí sí ina haonar i dtithe tábhairne cheana.

An rud a bhí ag cur as di anocht ná an botún a rinne sí. Tháinig sí go dtí an rang chun Neasán a fheiceáil. Ní hamháin chun é a fheiceáil, ach chun féachaint air. Theastaigh uaithi féachaint i gceart air tamall, agus ansin labhairt leis. Ach níor chuimhnigh sí roimh ré go mbeadh na daoine eile sa rang ag féachaint uirthi siúd. Níor rith sé léi nach mbeadh sí ar a compord sa rang.

Bhí sé an-éasca botúin a dhéanamh. Ró-éasca ar fad plean a cheapadh, agus a fháil amach níos déanaí cad a bhí mícheart leis.

Thosaigh Aisling ag cuardach ina mála chun cúpla euro a fháil. Ba cheart di deoch a cheannach. Dá mbeadh deoch ar an mbord os a comhair, ní bheadh daoine ag stánadh uirthi.

'Dúirt, sin an focal ceart, *or so the* múinteoir *said. But it doesn't sound really right to me.*'

Bhí Aisling ar tí dul go dtí an beár nuair a chonaic sí fear eile ag caint le Seán agus Clifden. An fear dathúil úd nach raibh mórán Gaeilge aige. Maidhc ab ainm dó, de réir mar ba chuimhin léi. Ba dheacair a dhéanamh amach sa rang an raibh Maidhc ag magadh nó lom dáiríre. Bhí bealach cainte barrúil aige.

Maidhc, ar ndóigh. An fear céanna a bhí ag caint le Neasán nuair a thosaigh an sos. Bhí moill ar Neasán mar go raibh sé ag caint le Maidhc. Bhí Neasán ar a shlí anuas an staighre faoin am seo, gach seans.

Bhí Neasán róbhéasach, b'in an deacracht. Ba bhreá leis cabhrú le daoine, agus a gcuid ceisteanna a fhreagairt. Ní raibh aon mhaitheas leis ag éalú ó leithéid Mhaidhc.

'Nár chuala sibh riamh an abairt sin?' Bhí Seán ag míniú rud éigin do Mhaidhc agus Clifden. 'Dúirt bean liom go ndúirt bean léi. Deirtear sin nuair atá tú ag caint faoi… *rumour?* Ráfla, *I think the word is.*'

'*Not very PC*, an bhfuil,' arsa Clifden go réchúiseach, '*blaming women for spreading rumours? Shouldn't it be*, dúirt duine liom go ndúirt.. *yes, let's see…* go ndúirt duine leis nó léi!'

Bhí an grúpa ón rang ag gáire le chéile. Bhí Siobhán agus James ag teacht go dtí an bord le deochanna. Thóg Aisling a mála agus d'éirigh sí óna cathaoir. Bhí Maidhc thíos staighre anois ach ní raibh aon rian de Neasán ann. Ní raibh ról ná línte aici féin i ndráma an ranga. Bhí sí ina staicín aonarach faoin spotsolas buí.

Ar cheart di dul ar ais suas an staighre? An raibh Neasán thuas sa seomra fós? Cén fáth nár tháinig sé anuas? Cén fáth go raibh moill air anois?

Shiúil Aisling thart ar an tábhairne go mall, ag féachaint ar gach taobh. Bhí maisiúcháin Oíche Shamhna fós ar crochadh. Púcaí agus cailleacha, puimcíní agus taibhsí. Bhí sé deacair a fheiceáil cé a bhí san áit. B'fhéidir go raibh Neasán i gcúinne éigin ag fanacht léi.

Bhí dhá nó trí chlúid i gcúl an tábhairne, mar a bhíodh sna seantábhairní. Bhí siad cosúil le seomraí beaga príobháideacha, laistigh den tábhairne mór. D'oscail sí doras amháin agus d'fhéach sí isteach. Bhí fear agus bean sa chlúid, ag pógadh is ag muirniú a chéile. Rinne Aisling leithscéal agus bhailigh sí léi.

Chonaic sí beirt ón rang ina suí ar stólanna arda. Na mná óga, pé ainmneacha a bhí orthu siúd. Ansin d'aithin sí bean eile ag dul i dtreo na leithreas. An bhean aosta úd, Fidelma nó Philomena. Go tobann, chuimhnigh Aisling cén duine nach raibh feicthe aici sa tábhairne. An bhean úd, Caoimhe. Bhí Caoimhe thuas sa seomra le Neasán.

Óinseach. Pleidhce. Botún amaideach eile. Níor thuig tú an scéal le Caoimhe.

Níor thuig tú go raibh Neasán ag fanacht sa seomra chun labhairt le Caoimhe. Gur theastaigh uaidh míniú éigin a thabhairt do Chaoimhe faoin mbean strainséartha úd sa rang. Míniú nó leithscéal faoin óinseach a raibh sé mór léi tráth.

Sheas Aisling ag an mbeár. D'ordaigh sí deoch liomanáide ó fhear an bheáir. Bhí a béal tirim. Bhí an pictiúr soiléir ina hintinn. Neasán agus Caoimhe thuas sa seomra le chéile. Ag caint is ag gáire le chéile. Ag pógadh is ag muirniú a chéile.

D'fhéach sí ar a huaireadóir. Ocht nóiméad ar a laghad ó d'fhág sí an seomra ranga. Seacht nóiméad den sos fágtha.

Bhí teilifíseán crochta os cionn an bheáir. Bhí clár nuachta ar siúl. D'ól Aisling bolgam den deoch a thug fear an bheáir di. D'fhéach sí ar an teilifíseán chun an pictiúr eile sin a mhúchadh ina hintinn. Bhí scéal éigin ar an nuacht faoi chás cúirte. Eolas nua a bhí ar fáil ó bhlúire DNA faoi dhúnmharú éigin a tharla blianta roimhe sin. Iarsma a bhí san fhianaise DNA, a dúirt an tuairisceoir nuachta, a thug leidí faoi imeachtaí a tharla i bhfad ó shin.

Athraíonn rudaí, a dúirt Aisling léi féin arís. Athraíonn cúrsaí an tsaoil ó bhliain go chéile. Chas Neasán le Caoimhe. B'fhéidir go raibh an bheirt acu ina gcónaí le chéile faoin am seo.

Chuimhnigh Aisling ar an gcomhrá a rinne Caoimhe léi sa rang. Thuirsigh an bhean eile de na cleachtaí úd le 'agam' agus 'dom.' Chuir sí ceisteanna ar Aisling. Eolas a bhí uaithi, gan amhras. Cá bhfuil tú i do chónaí, a Aisling? An raibh tú i rang Neasáin riamh cheana?

'Táimid an-chairdiúil le chéile sa rang,' a dúirt Caoimhe léi i rith an chomhrá sin. 'Téimid síos go dtí an tábhairne tar éis an ranga de ghnáth. Bíonn an-tráthnóna againn le chéile.'

Fuair Aisling boladh cumhráin nuair a chlaon an bhean eile ina treo. Boladh róis a bhí ar an gcumhrán.

Rós cumhra, fáiltiúil, agus dealg air nach bhfaca Aisling in am.

'Níl a fhios agam cén t-am a chuamar abhaile an tseachtain seo caite,' a dúirt Caoimhe. 'Bhí sé beagnach meán oíche, measaim, nuair a d'fhágamar an Pléaráca.'

Chonaic Aisling na deirfiúracha ón rang ina suí ag an gcuntar tamall uaithi. Sadhbh agus Éilís. Nó Sorcha agus Eibhlín. Bhí siad an-chosúil le chéile. Cúpla, seans. Bhí siad ag ól tae. Bhí a gcupáin ar a mbéal in aon turas. Bhí comhrá ciúin acu le chéile.

Comhluadar. Comhthuiscint. Bhí gach duine sa rang an-chairdiúil le chéile. Ní raibh ag Aisling ach na púcaí is na taibhsí ina saol.

D'fhág sí a deoch ar an gcuntar agus shiúil sí amach as an tábhairne.

***

Bhí soilse na sráide ag glioscarnach. Bhí báisteach ag titim go bog. Bhí gluaisteáin is busanna ag dul thar bráid, a gcuid rothaí ag síorchasadh go torannach.

Bhí Aisling ina suí ar bhinse sráide, timpeall an chúinne ón bPléaráca. D'airigh sí an bháisteach ag titim go bog ar a cóta. D'airigh sí torann an tráchta ina cluasa. Ach bhí a haird ar an argóint istigh ina ceann.

Téigh abhaile. Ná fan anseo. Déan dearmad air. Fág i do dhiaidh é. Fág san Aimsir Chaite é. Fág ag Caoimhe é.

Ní hea, cuir glaoch air. Nó fan go nglaofaidh sé ort. Tá d'uimhir aige. Dúirt sé go gcuirfeadh sé glaoch ort.

Bhí an binse sráide ag féachaint amach ar chearnóg oscailte. Shuigh beirt ar bhinse eile gar d'Aisling. Fear agus bean. Chuir an fear a lámh timpeall ar ghualainn na mná. Lánúin. Bhí lánúineacha i ngach áit.

An-phlean a bhí ann dul go dtí an rang. An-chliste go deo. Maith an bhean tú féin.

Bhí an bháisteach ag titim go bog. Bhí braonacha uisce ag glioscarnach ar an gcasán. Tharraing Aisling cochall a cóta ar a ceann.

Nuair a d'fhág sí an tábhairne, tháinig fonn uirthi toitín a chaitheamh. Ach nuair a las sí an toitín, tháinig déistin uirthi. D'éirigh sí as toitíní a chaitheamh, nach mór, mar go mbíodh Neasán ag gearán fúthu. B'fhearr di gan bacadh leo in aon chor. Ní raibh a fhios aici cad a theastaigh uaithi anocht.

Bhí an sos thart faoin am seo. Bhí Neasán ina sheasamh os comhair an ranga. Bhí Caoimhe ag meangadh go milis leis.

An-phlean a bhí ann dul go dtí an rang, nuair a chuimhnigh Aisling ar dtús air. Nuair a tháinig sí abhaile ó Shasana, bhí a fhios aici gur theastaigh uaithi Neasán a fheiceáil. Theastaigh uaithi a rá leis go raibh brón uirthi gur ghortaigh sí é. A mhíniú dó cén fáth gur imigh sí go tobann bliain roimhe sin. An scéal mór ina saol a insint dó.

Ach ní raibh sí cinnte an raibh sí fós i ngrá leis. Nó cén seans a bhí ann go raibh seisean fós i ngrá léi. Nuair a chuala sí faoin rang Gaeilge, chinn sí dul ann. Dul ann, gan tada a rá le Neasán roimh ré. Suí sa rang ag féachaint ar Neasán ar feadh tamaill, chun freagraí a aimsiú ar a cuid ceisteanna. A fháil amach cad a theastaigh uaithi féin, agus ansin labhairt leis.

An-phlean go deo. Tusa an taibhse a d'fhill ar Neasán Oíche Shamhna.

D'oscail an bhean ar an mbinse eile mála páipéir. Tháinig boladh sceallóg is fínéagair ar an aer. Thosaigh an fear ag gáire mar bhí na sceallóga sa mhála ag éirí fliuch. Chlaon an bhean a cloigeann ar a ghualainn agus chuir sí sceallóg ina bhéal.

D'airigh Aisling an boladh sceallóg is fínéagair ar a srón. Chonaic sí an bheirt ar an mbinse eile ag magadh is ag muirniú a chéile. Bhí siad gar d'Aisling ach fós bhí siad i bhfad uaithi, dar léi.

Ní báisteach ach ceobhrán a bhí san aer. Bhí scamall ina luí ar an talamh. D'fhág na braonacha uisce smúit ar an aer. D'airigh Aisling go raibh an ceobhrán ina timpeall á scaradh ó dhaoine eile.

Nó bhí an saol os a comhair cosúil le scannán nach raibh sí páirteach ann. D'airigh sí an rud céanna cúpla tráthnóna roimhe sin, nuair a chuaigh sí go dtí árasán Neasáin.

Ní raibh a fhios aici an raibh Neasán fós ina chónaí san áit. Bhí an t-árasán i mbloc mór nua taobh leis an gcanáil. Sheas Aisling in aice leis an gcanáil ag féachaint in airde air. Chonaic sí solas ar lasadh ar an tríú hurlár. Bhíodh árasán Neasáin ar an urlár sin. Bhí an solas ar lasadh i gceann dá sheomraí.

D'fhan sí ag faire ar an bhfuinneog, ag smaoineamh ar cad a déarfadh sí le Neasán. Bhí sí ar tí dul go dtí geata na n-árasán nuair a chonaic sí duine ag an bhfuinneog. Duine amháin, agus ansin an dara duine. Bhí beirt ag fuinneog Neasáin, scáileanna in aghaidh an tsolais. Bhí scannán ar taispeáint ag an bhfuinneog, nach raibh sí féin páirteach ann.

Fuinneog a sheomra codlata a bhí ann, bhí sí beagnach cinnte de. Níor chaith sí riamh oíche sa seomra sin. Chaitheadh sí tráthnónta san árasán, ar ndóigh. D'itheadh sí béilí san árasán. Thaitníodh le Neasán fanacht sa bhaile agus béilí a réiteach di. Béilí Iodálacha, béilí Gréagacha, béilí Liobánacha. Ba chuimhin léi an boladh cócaireachta sa chistin. Boladh lusanna agus spíosraí ón iasacht.

Chaithidís beirt sealanna fada sa chistin. Chaithidís sealanna ar an tolg sa seomra suite freisin. Ach ní thugadh Neasán cuireadh di isteach sa tríú seomra san árasán. Bhíodh sí féin is Neasán cúthaileach sna cúrsaí sin. Bhídís grámhar, muirneach lena chéile, agus cúthaileach ag an am céanna. Cúthaileach, agus b'fhéidir faiteach.

Ba chosúil le scannán an t-am a chaith siad le chéile, b'in an pictiúr a bhí ag Aisling ina hintinn. Thaitníodh a páirt sa scannán úd léi. Thaitníodh léi labhairt go grámhar le Neasán. Thaitníodh léi é a mhealladh is a bhréagadh. Bhíodh seisean ciúin, tostach go minic, ach bhíodh an tost eatarthu lán de bharróga.

Sheas sí ag féachaint in airde, ag cuimhneamh ar an gcaidreamh a bhí acu le chéile.

Chuimhnigh sí ansin conas mar a thuirsigh sí dá páirt sa scannán tar éis roinnt míonna. Ní raibh go leor focal i script an scannáin. Bhí mistéir éigin ag baint le Neasán a mheall go mór í ar dtús. Ach de réir a chéile, theastaigh uaithi an tost dubhfhoclach a bhain leis a bhriseadh. Níor leor di luí ina bhaclainn ag éisteacht le ceol.

D'imigh na scáileanna ón bhfuinneog ar an tríú hurlár den bhloc árasán. Tháinig amhras ar Aisling an raibh seomra codlata Neasáin ag féachaint amach ar an gcanáil in aon chor.

Bhí Neasán dúnárasach, b'in a cheap sí tar éis tamaill. Ach ní raibh an locht ar fad air siúd gur tháinig deireadh tobann leis an script. Níor labhair Aisling go hoscailte ach oiread, thuig sí an méid sin freisin. Bhíodh sí grámhar, muirneach leis, ach níor inis sí dó faoin mistéir i gcroí a saoil féin. Níor inis sí dó go raibh sí buartha, cráite. Níor éirigh léi a tost féin a bhriseadh.

Níor inis sí do Neasán faoina hathair. An chéad athair a bhí aici. Chas Neasán lena hathair in Éirinn ceart go leor. Ach ní raibh a fhios aige go raibh athair eile aici i dtús a saoil. Níor chas Aisling féin riamh leis an athair eile sin. Ní raibh a ainm ar eolas aici. Bhí sí ag obair mar sheandálaí ach ní raibh eolas aici ar na hiarsmaí a bhí mar oidhreacht aici féin.

Theastaigh uaithi labhairt le Neasán. A rá leis cén fáth ar imigh sí. A rá leis cad a fuair sí amach i Sasana faoin athair eile sin, a mbíodh sí buartha, cráite faoi.

Thosaigh a croí ag preabadh go tréan. Theastaigh uaithi páirt a ghlacadh sa scannán arís.

Chuaigh sí isteach na geataí móra go dtí na hárasáin. Chonaic sí duine ag siúl chuig an doras isteach go bloc Neasáin. D'oscail an duine an doras le cárta leictreonach, agus lean Aisling isteach é. Bhí halla mór thíos staighre sa bhloc árasán.

Sheas sí sa halla, ag féachaint ar na boscaí poist a bhí ann do gach árasán. Bhíodh ainm Neasáin ar cheann de na boscaí úd.

Scrúdaigh sí na boscaí. Ní raibh a ainm ar aon bhosca sa halla anois. Bhí scannán ar siúl thuas ag fuinneog ar an tríú hurlár, ach ní raibh Neasán páirteach ann. Ní raibh sé ina chónaí san áit níos mó.

An tráthnóna céanna, thug Aisling cuairt ar an bPléaráca. Thug sí cuairt ar thrí nó cheithre thábhairne a dtéadh sí féin is Neasán chucu. Bhí uimhir fóin aici do Neasán ach níor theastaigh uaithi glaoch air gan choinne. Níor theastaigh comhrá lom, fuar uaithi ar an bhfón. Bhí fonn uirthi é a fheiceáil agus ansin labhairt leis.

Ní fhaca sí Neasán in aon cheann de na tábhairní. Ach chonaic sí fógra ar an mballa sa Phléaráca. Fógra faoi rang Gaeilge a bhí ar siúl gach tráthnóna Máirt, i seomra thuas an staighre.

Bhí an ceobhrán ag glanadh beagán. Bhí an lánúin ar an mbinse eile ag imeacht. Bhí an mála sceallóg folamh, agus ní raibh an boladh fínéagair ar an aer níos mó. Chuardaigh Aisling ina mála láimhe chun a gléas fóin a lorg.

Bhí uimhir Neasáin aici. Bhí sé in am aici glaoch a chur air. Bhí sé istigh sa rang ach d'fhágfadh sí scéal dó ar an bhfón.

B'fhéidir go raibh sé sona sásta le Caoimhe. Nó b'fhéidir gur fhan sé thuas sa seomra ag am sosa mar go raibh sé róbhéasach. Chuir Caoimhe ceist éigin air agus d'fhan sé ag míniú cúrsaí gramadaí di. Bhí sé róbhéasach agus bhí róshuim aige féin sa ghramadach.

Ba dheacair Neasán a shamhlú le Caoimhe, dáiríre. Ach fiú má bhí sé sona sásta le bean dá sórt, bhí sé in am d'Aisling a scéal a insint dó.

Nuair a d'fhéach sí ar a gléas fóin, chonaic sí go raibh téacs faighte aici. Bhí a gléas fóin ar 'Tost' le tamall agus níor chuala sí cling an téacs ag teacht isteach.

Ó Neasán a tháinig an téacs. D'oscail Aisling é agus léigh sí é.

Nílm saor n8. Ná bac glao, mé n-vsi. Glaofad rt nur ve am.

Nílim saor anocht. Ná bac glaoch, tá mé an-*bhusy*. Glaofaidh mé ort nuair a bheidh am agam.

4

Caoimhe

D'oscail Neasán an doras agus tháinig sé isteach sa seomra. D'fhéach sé thart ar an rang. Bhí Caoimhe ag miongháire leis.

Chlaon Neasán a cheann léi. Níor tháinig ach scáil an gháire ar a bhéal féin. Soicind nó dhá shoicind a d'fhan a shúile dírithe uirthi.

Ach ba leor é. Bhí aird ag Neasán uirthi. Bhí sé ag smaoineamh uirthi.

Bhí an sos thart agus bhí sceitimíní ar Chaoimhe.

Sceitimíní agus iontas. Chuaigh sí sa seans ag am sosa, rud nach ndéanadh sí ach go hannamh. Rinne sí beart nár cheart di a dhéanamh. Rinne sí é chun an t-ocras istigh ina lár a shásamh.

Blas an dóchais, ní raibh aici ach é. Féasta mór a shantaigh Caoimhe, féasta dóchais is grá. Ní raibh aici fós ach ruainní. Ruainní beaga, suaracha. Ach ba leor iad chun an dóchas a choimeád beo.

Bhí ocras gan sásamh uirthi le fada. Ní raibh féasta dóchais ná grá aici le fada. Bhí na blianta ag imeacht. Ba dheacair greim a choimeád ar an dóchas.

Cinnte, bhí an t-ádh uirthi ar go leor bealaí. Bhain sí taitneamh as a cuid oibre le heagras stáit ag plé le cúrsaí bia na tíre. Théadh sí go dtí féilte bia agus ócáidí eile. Thugadh sí cuairt ar bhialanna deasa tar éis cruinnithe móra. Ach ansin bhíodh an teach lom, folamh roimpi sa bhaile. Ní bhíodh blas aici ar a cuid béilí féin ina haonar.

Chaitheadh sí dinnéar an Domhnaigh le duine dá beirt deartháireacha. Bhí siad beirt níos óige ná í. Bhí an bheirt acu pósta anois. Bhí clann óg orthu beirt. Ag dinnéar an Domhnaigh, bhíodh caint ar imeachtaí leanaí. Bhí na blianta ag imeacht.

'A Chaoimhe,' arsa Neasán léi anois. Gheit sí nuair a chuala sí a hainm ina bhéal. 'A Chaoimhe, cad a cheapann tusa faoin rud a dúirt Sadhbh?'

Ní raibh a fhios aici cad a bhí ráite ag Sadhbh. Ní raibh sí ag éisteacht leis an gcomhrá sa rang. Rinne sí leithscéal agus shuigh sí siar arís sa chathaoir. Thosaigh Neasán ag míniú rud éigin don rang. Chuala sí na focail ach níor thug sí léi a gciall.

Bhí guth Neasáin bog, teolaí. D'airigh sí a chuid cainte ag sileadh inti mar a bheadh deoch sheacláide the. Thug a ghuth teolaí dóchas di. Bhí blas ar an dóchas.

Bhí sceitimíní uirthi. D'imigh Aisling amach ag am sosa agus níor tháinig sí ar ais. Nuair a d'fhág sí an seomra ranga, níor lean Neasán í. D'fhan sé sa seomra ranga ag caint le Maidhc. Agus d'fhan sé tamall eile ag caint léi féin.

Ceithre nó cúig nóiméad a chaith sí le Neasán ag am sosa. Ní raibh aon duine sa seomra ach iad. Bhí Maidhc imithe síos an staighre go dtí na daoine eile. Sheas Caoimhe gar do Neasán nuair a bhí siad ag caint lena chéile. Bhí sí in ann féachaint sna súile arís air. Bhí a shúile cosúil le linnte uisce ar phortach ciúin. Linnte doimhne, a cheil mórán.

Bhí sí meallta ag a shúile. Ba mhaith léi tumadh isteach sna linnte dorcha úd.

Bhí comhrá ar siúl ag an rang faoi scannáin agus drámaí. Ach ní raibh Caoimhe ag éisteacht leis an gcaint. Bhí sí gafa le pictiúr a tháinig ina hintinn go tobann. Sa phictiúr seo, bhí sí féin agus Neasán ina seasamh an-ghar dá chéile. Bhí léine de chadás bog air seachas geansaí mór. Ní raibh aon duine sa seomra ach iad.

Bhí solas bog i gcúinne an tseomra. A seomra suite féin sa bhaile a bhí ann. Ní raibh sé lom, folamh mar a taibhsíodh di go minic é. Bhí sé compordach, teolaí.

Bhí bord in aice na fuinneoige sa seomra suite. Bhí éadach de lása mín ar an mbord, mar aon le mias chré lán de bhláthanna. Rósanna bána a bhí sa mhias, na bláthanna ab ansa léi. Bhí boladh cumhra na rósanna san aer. Bhí dhá ghloine ar an mbord freisin, agus fíon geal iontu. Bhí an seomra suaimhneach. Ní raibh callán an tábhairne ina dtimpeall.

Bhí sí féin agus Neasán le chéile sa seomra suite sa bhaile. Bhí siad ina seasamh an-ghar dá chéile. Bhí a bheola ag druidim lena béal.

Rug sé barróg uirthi. Barróg a ruaig gach uaigneas. Bhí boladh na mbláthanna san aer. Lá éigin, b'fhéidir go bpósfaidís. Pósadh a theastaigh uaithi gan amhras.

Pósadh, agus b'fhéidir páistí. Mac agus iníon ba mhaith léi.

'A Chaoimhe, an inseoidh tú don rang cén cheist a chuir tú orm tamall ó shin?'

Gheit Caoimhe nuair a chuala sí a hainm á rá amach arís. Tháinig luisne uirthi faoin bpictiúr ina hintinn. Cúpla nóiméad ag caint le Neasán ag am sosa, agus anois bhí sí ar tí é a phósadh.

'An cheist a chuir mé ort ag am sosa?' a dúirt sí os ard. Bhí sí ag iarraidh cuimhneamh i gceart ar an gceist. Bhí sí ag iarraidh boladh na rósanna a ruaigeadh.

'Chuir tú ceist orm faoin séimhiú,' arsa Neasán. 'Agus tá Siobhán díreach tar éis fiafraí díom ar cheart a bheith buartha faoin séimhiú a úsáid i gceart.' Bhí an múinteoir ag féachaint ar Chaoimhe go bog, geanúil. 'Is cosúil go bhfuilimid an-tógtha le ceisteanna gramadaí sa rang seo!'

'An cheist a chuir mise,' arsa Caoimhe go cúramach, 'ná conas a bhíonn a fhios agat an bhfuil ainmfhocal firinscneach nó baininscneach. Conas a bhíonn a fhios agat an bhfuil séimhiú tar éis "an?"'

Bhí eagla uirthi go raibh luisne uirthi fós. Leithscéal a bhí ann, ar ndóigh, ceist a chur ar Neasán ag am sosa. Leithscéal chun comhrá leis. Leithscéal chun é a choimeád ó Aisling.

'Thug mé cúpla sampla, measaim,' arsa Caoimhe ansin. Dúirt sí na focail amach go soiléir. 'An bord. An chathaoir. An bád. An fharraige.' Conas a bhíonn a fhios agat an bhfuil an séimhiú ag teastáil nó nach bhfuil?'

'An fear. An bhean,' arsa Clifden. 'Sampla simplí, *if I'm not mistaken?*'

'Nílim ag gearán faoin séimhiú,' arsa Siobhán le Neasán. '*Or about that other one, the* urú. *But they can make the words* as Gaeilge *like a crowd of dancing dervishes,* an bhfuil a fhios agat?. *You could keep a hold of the words in your head if they'd stay still, but they're forever swirling and changing shape!'*

'Mór an spórt an séimhiú,' arsa James. *'That's what my Sarah said to me once.'*

'B'fhéidir gur thug tú freagra ar do cheist féin,' arsa Neasán le Siobhán. Labhair sé go cineálta léi, ach níor fhéach sé uirthi mar a d'fhéach sé ar Chaoimhe. 'Má tá an teanga cosúil le rince,' ar sé, 'tá na bunchéimeanna le cleachtadh ar dtús. Ach is féidir a bheith ag faire ar na rinceoirí maithe freisin, na rinceoirí a thuigeann an séimhiú, mar shampla. Agus de réir a chéile foghlaimeoidh tusa conas é a úsáid freisin.'

Shamhlaigh Caoimhe í féin ag rince le Neasán. Bhí na bunchéimeanna ar eolas aici cheana. Nuair a labhair sí leis ag am sosa, d'fhoghlaim sí céim nua nó dhó uaidh. Labhair sé léi faoi phatrúin agus rialacha, faoi thuisil agus inscní. D'fhéach siad sna súile ar a chéile sa seomra ranga agus roinn siad a bpaisean don ainmfhocal.

Bhí iontas uirthi ag am sosa gur labhair sé léi in aon chor. Bhí a fhios aici go raibh deifir air dul síos an staighre. Nuair a d'fhág Maidhc an seomra, d'fhéach Neasán ar a uaireadóir. Thosaigh sé ar leithscéal éigin a dhéanamh le Caoimhe. Ach mar sin féin, d'fhan sé agus d'éist sé lena ceist. D'éist sé mar go raibh fonn rince air.

Ní raibh a fhios aici an raibh sé ag caint le hAisling ina dhiaidh sin. Níor lean Caoimhe síos an staighre é. Ach nuair a tháinig daoine eile aníos ón bPléaráca, chuala sí beirt acu ag caint faoi Aisling. D'fhág an bhean nua a deoch ar an gcuntar, a dúirt Sadhbh le Siobhán, agus shiúil sí amach as an tábhairne.

Ní raibh Aisling sa rang anois ar aon nós. Agus bhí sceitimíní ar Chaoimhe toisc rud eile a tharla ag am sosa.

Nuair a d'imigh Neasán amach as an seomra, d'fhág sé an fón póca ina dhiaidh ar an mbord. Chonaic Caoimhe ansin é. Bhí iontas uirthi faoin mbeart a rinne sí ansin. Chuaigh sí sa seans. Níor imir sí de réir na rialacha.

Shantaigh sí blas an dóchais. Bhris sí na rialacha chun buntáiste a fháil sa chluiche. Ba cheart go mbeadh náire uirthi faoin rud a rinne sí.

Thug sí gléas fóin Neasáin léi isteach go dtí an leithreas. Ní raibh aon phlean cinnte aici ar dtús. Féachaint an raibh uimhir Aisling ar an bhfón, b'fhéidir. Leidí a fháil ón bhfón faoi shaol Neasáin.

Ach nuair a bhí Caoimhe istigh sa leithreas, tháinig téacs nua isteach ar an bhfón. An t-ainm Lasairíona a bhí ag gabháil leis an téacs. Ba chuimhin le Caoimhe an t-ainm. Tháinig Lasairíona, deirfiúr Neasáin, isteach go dtí an Pléaráca tar éis an ranga oíche amháin. Chuir Neasáin í in aithne don ghrúpa ón rang.

Léigh Caoimhe an téacs a chuir Lasairíona chuig a deartháir. Ansin d'aimsigh Caoimhe uimhir Aisling ar an bhfón. Chuir sí téacs Lasairíona ar aghaidh chuig Aisling ó ghléas fóin Neasáin.

Nílm saor n8. Ná bac glao, mé n-vsi. Glaofad rt nur ve am.

***

Laethanta saoire le Neasán. Ní raibh aon tuairim ag Caoimhe cad a thaitin leis. Turas go sléibhte sneachtúla i gcéin. Nó scoil samhraidh ar an litríocht. Seisiúin cheoil i dtithe tábhairne. Bolg le grian cois trá. Ní raibh a fhios aici.

Bhí cluiche comhrá ar siúl sa rang. Cluiche fiche ceist a bhí ann, faoi laethanta saoire. Bhí an rang roinnte i ngrúpaí beaga agus bhí Caoimhe in éineacht le Siobhán agus Tara. Chuimhnigh Siobhán ar an áit ar chaith sí an tsaoire ab fhearr léi riamh. Chuir Caoimhe agus Tara ceisteanna uirthi chun a fháil amach cén áit a bhí ann. An raibh sé te? An raibh sé fuar? An raibh sé costasach dul ann? An raibh slua mór ann?

Bhí pictiúr ag Caoimhe den sórt saoire ab fhearr léi féin. Teach cluthar in áit chiúin aoibhinn. Í féin agus a fear céile amuigh ag siúl le héirí gréine. Ceiliúr na n-éan mar cheol cúlra, greim láimhe acu go docht ar a chéile. Bád beag acu chun triall ar chuan iargúlta. Snámh lomnocht san fharraige i bhfad i bhfad ón saol mór. Béile blasta i mbialann ghalánta istoíche, ar ndóigh. Agus luathluí sa teach teolaí le chéile.

Níor chaith sí saoire den sórt sin riamh, faraor. Théadh sí chuig cathracha stairiúla na hEorpa le duine nó beirt dá cairde. Thugaidís an lá le cuairteanna eaglaisí agus iarsmaí. Anois is arís bhíodh tamall saor acu ón stair chun dul ag siopadóireacht. Béile blasta tráthnóna acu i mbialann ghalánta. Thuig sí go raibh an t-ádh uirthi lena cairde.

Ní raibh a fhios aici cén sórt saoire ab fhearr le Neasán. Ní raibh mórán ar eolas aici faoi le fírinne. Ní raibh eatarthu fós ach cúpla comhrá. Comhrá faoin tuiseal gairmeach, ceann eile faoi ainmfhocail. Píosa cainte faoi na teangacha a bhí ar eolas acu beirt. Dreas eile faoi ranganna oíche éagsúla.

Ní raibh a fhios ag Caoimhe, dáiríre, an raibh suim acu sna rudaí céanna. Thuig Caoimhe gur chaith Neasán seal blianta ina chónaí thar lear. Ach níor inis sé mórán di faoi cá raibh sé, nó cad a rinne sé. Ní raibh aon tuairim aici ar mhaith leis saoire a chaitheamh i dteach cluthar iargúlta.

Níor thuig sí i gceart cén fáth go raibh sí meallta ag Neasán. Fear féasógach nár ghléas go snasta. Fear ciúin smaointeach, nó b'fhéidir cúthaileach. Bhí náire ag teacht uirthi gur chuir sí an téacs chuig Aisling.

Ba cheart di a bheith cosúil le Siobhán, a dúirt sí léi féin go tobann. Bhí Siobhán os cionn daichead bliain d'aois. Go maith os a chionn. Bhí a gnó féin aici. Bhí sí singil. Agus bhí sé soiléir go raibh sí sásta lena saol.

Bhí fiche ceist á gcur aici féin is ag Tara ar Shiobhán. An raibh tú amuigh ag siúl gach lá ar do laethanta saoire, a d'fhiafraigh Tara. An raibh tú ag rothaíocht, a d'fhiafraigh Caoimhe. Bhí a fhios acu go raibh suim ag Siobhán sa timpeallacht. Ba chuimhin leo gur iarr sí an focal Gaeilge ar *'eco-labelling'* ar Neasán uair. Chuir siad ceisteanna uirthi anois faoi thurais ghlasa, eicilipéadaithe.

Ba mhaith le Caoimhe a bheith cosúil léi. Ach ní raibh. Dúirt Siobhán ar deireadh gur chaith sí an tsaoire ab fhearr riamh ina gairdín féin sa bhaile. Bhí sí sona sásta ina haonar, ba chosúil.

Ní raibh Caoimhe cinnte go raibh sí i ngrá le Neasán. Ach bhí sí cinnte gur theastaigh uaithi a bheith i ngrá le fear éigin.

'Cén Ghaeilge atá ar *romantic weekends?*' a d'fhiafraigh Clifden go tobann. Bhí straois gháire air mar ba ghnáth. 'Nílim ag caint faoi mo laethanta saoire féin, *more's the pity,* ach faoi James agus a chailín deas, *who else?'*

Chas daoine sa rang agus d'fhéach siad i dtreo James. Bhí sé i ngrúpa le Clifden agus Seán. Ní raibh ach deich nóiméad den rang fágtha.

'Tá ceist eile agamsa,' arsa James. Bhí gáire air siúd freisin. *'Not exactly* faoi laethanta saoire, ach… *What I want to ask is,* cén Ghaeilge atá ar *girlfriend?* An bhfuil focal eile ann *instead of just* "mo chailín" i gcónaí?'

Níor fhreagair Neasán na ceisteanna láithreach. Bhí sé ina sheasamh ag a bhord beag. Bhí sé ag útamáil leis an ngléas fóin ina lámh. Bhí sé buartha faoi Aisling, dar le Caoimhe. Chuir sise gléas fóin Neasáin ar ais ar an mbord nuair a tháinig sí amach ón leithreas. Nuair a tháinig Neasán ar ais sa seomra, rinne sé iarracht glaoch a chur ar dhuine éigin. Seans go raibh sé ag iarraidh téacs a chur chuig Aisling anois.

Bhí lagú ar na sceitimíní ar Chaoimhe. Bhí an náire ag méadú. Duine macánta, ciallmhar a bhí inti de ghnáth. Níor cheart di méar a chur ar an ngléas fóin. Níor thuig sí cad a tháinig uirthi.

Bhí roinnt daoine sa rang ag cogarnaíl agus ag siosarnach. D'fhéach Neasán thart orthu. Bhí sé ar tí rud éigin a rá nuair a labhair Clifden arís.

'Bhí ceist eile ag James,' arsa Clifden, *'but he's too shy to ask it.'* Chaoch Clifden súil ar an bhfear eile agus chas sé chuig Neasán. *'So I'll do the asking instead.'*

Bhí aird an ranga ar Clifden anois.

'An focal Gaeilge ar *lover*,' arsa Clifden, 'sin an rud a dúirt James *that he really wanted to know!'* Rinne sé gáire gnaíúil. 'Agus nuair atáimid ag caint faoi sin, cad faoin nGaeilge ar *having the hots for her?'*

'Níl a fhios agam an bhfuil focail mar sin i nGaeilge,' arsa Maidhc. *It doesn't seem very likely, does it?'*

Phléasc an rang amach ag gáire. Tháinig scáil an gháire ar Neasán ach ní dúirt sé tada. Thosaigh Siobhán agus Tara ag cogarnaíl. Bhris racht eile ar Shiobhán agus í ag caint.

'Tá ceist eile fós ag Tara,' ar sí. 'Cad é an focal Gaeilge is fearr ar *sex?* Deir sí nár fhoghlaim sí é don Ardteist!'

Bhí an rang ag imeacht ó smacht, dar le Caoimhe. Bhí trua aici do Neasán. Bhí daoine ag magadh faoi agus ní raibh sé in ann freagra a thabhairt orthu. Bhí sé buartha faoi Aisling. Ní raibh a intinn ar an rang mar ba ghnáth.

Thug an múinteoir spléachadh ar a uaireadóir. Chuir sé a chuid nótaí le chéile. Leag sé ar an mbord iad mar aon leis an ngléas fóin. D'fhéach sé thart ar an rang. Chonaic Caoimhe an tuirse ar a ghnúis. Bhí aiféala uirthi go ndeachaigh sí sa seans ag am sosa.

Chas Neasán go dtí an clár agus scríobh sé trí nó ceithre fhocal. Obair bhaile éigin, b'fhéidir. Ach ansin chas sé ar ais agus chonaic Caoimhe an meangadh gan choinne ar a bhéal.

'An bhfuil aon duine ag iarraidh dul abhaile go luath ón rang?' a d'fhiafraigh sé ansin. Bhí sé ina sheasamh os comhair an chláir. 'Má tá, ní chuirfidh mé stop libh.'

D'fhan gach duine sa rang ina suí. Thosaigh Eibhlín ag cogarnaíl le Sadhbh. Sméid Clifden ar James arís.

'Tá neart focal i nGaeilge,' arsa Neasán le Maidhc, 'a bhaineann le cúrsaí suirí agus grá.' Bhí a ghuth séimh, tomhaiste. 'Ach b'fhéidir nach n-úsáidtear cuid acu sách minic.'

'Anois, tá ceann amháin de na nathanna a d'iarr sibh nach bhfuilim róchinnte faoi,' ar sé. 'Níl a fhios agam an bhfuil *romantic weekends* againn sa Ghaeilge fós? Ach seans gur féidir "saoire chun suirí" a rá!'

'Tá nathanna eile Gaeilge a ritheann liom sa chás seo, mar sin féin,' ar sé. 'Dul ar an drabhlás don deireadh seachtaine, sin ceann amháin acu. Nó dul ar an ragairne.' Bhí aoibh an gháire ag méadú ar Neasán. 'Ach táim cinnte nach mbeadh a leithéid i gceist ag James agus Sarah. A lán ólacháin a bhíonn i gceist leo de ghnáth, chomh maith le caitheamh aimsire de shórt eile.'

Bhí Maidhc ar tí a lámh a chur in airde, ach bhí Neasán ag bailiú nirt. Bhí sé ar a chompord mar mhúinteoir, nuair a bhí a intinn ar an rang.

'Anois go smaoiním air,' ar sé, 'tá focal breá eile ar eolas agaibh cheana a bhaineann leis an scéal. An chiall atá le pléaráca ná ólachán agus *high jinks,* tá's agaibh.'

Sheas Neasán i leataobh ón gclár chun na focail a bhí scríofa aige a thaispeáint.

'Tá an focal suiríoch ann ar *lover*,' a dúirt sé. Leag sé a mhéar ar na focail ar a liosta. 'Ach b'fhearr liom féin leannán nó grá geal.' Agus más maith leat an rud a rá go lom díreach, tá céile leapa ann.' Chlaon sé a cheann le James. 'Ta rogha bhreá ansin, pé scéal é.'

Ní raibh aon duine ag cogarnaíl níos mó. Bhí a n-aird acu ar an múinteoir. Bhí Caoimhe ag faire go géar air, a súile ar leathadh le hiontas.

'Tá an-chuid focal ann,' ar sé, 'má theastaíonn uait labhairt go milis le do leannán.' Rinne sé meangadh gan choinne le Caoimhe. 'Bíonn an tuiseal gairmeach ag teastáil sna cásanna sin, ar ndóigh.' Chas sé i leataobh agus scríobh sé arís ar an gclár: A ghrá geal. A chuid is a rún. A stór is a stóirín.

Bhí luisne ar Neasán anois. Ach ba chosúil nach raibh aon chúthail air. Bhí sé ag baint taitnimh anois as an gceacht a mhúineadh.

'Ba cheart dom a rá freisin,' ar sé ansin, 'go bhfuil bealaí deasa fileata i nGaeilge chun labhairt faoin ngrá. Tá na céadta amhrán ann faoi na cúrsaí seo. Rachaimid seal faoi choillte, a deir siad, nó a bhéilín meala a bhfuil boladh na tíme air.'

Bhí Caoimhe ina suí suas ina cathaoir. Bhí luisne uirthi féin ag éisteacht leis an múinteoir. Ní raibh aon leisce air caint faoi chúrsaí suirí agus grá. An rud ba ghaire don chroí ná an rud ba ghaire don bhéal.

'Cad eile a bhí ar an liosta agaibh?' arsa Neasán. 'Ó sea, na *hots* sin a luaigh Clifden?'

Bhí a pheann ina lámh ag Maidhc. Bhí na focail ar an gclár á scríobh aige.

'Tabharfaidh mé bileog daoibh leis an liosta seo an

tseachtain seo chugainn,' arsa Neasán. 'Má tá suim agaibh iontu, ar ndóigh.'

'*Good man, Neasán,*' arsa Clifden. 'Táimid ag foghlaim a lán rudaí nua.'

'Macnas,' arsa Neasán ansin. Dúirt sé an focal go réidh ceolmhar. 'Sin focal amháin ar an rud a d'iarr Clifden.' Thosaigh sé ag scríobh arís. 'Ach tá an-chuid focal eile ann, dáiríre. Níl anseo ach cuid acu.' Léigh sé amach a liosta nua. 'Sámhas, ragús, teaspach, dúil.'

Bhí eagla ag teacht ar Chaoimhe féachaint ar Neasán. Bhí na focail ar an gclár ag preabadh os a comhair. Ní raibh deoch dheas sheacláide á slogadh anois aici ach branda tréan, fíochmhar. Bhí an náire ag dul i léig inti. Ní raibh de rogha aici ach dul sa seans.

Bhí a lámh in airde ag Seán.

'An bhfuil cead agam ceist a chur? An féidir leat

samplaí a thabhairt de na focail seo? *I mean, if I can phrase this right…* Conas na focail a úsáid?'

Níor fhreagair Neasán láithreach é. Thaispeáin sé a uaireadóir don rang. Bhí aoibh an gháire air fós.

'Níl am againn cluiche comhrá a dhéanamh,' ar sé go héadrom. 'Ach tráthnóna eile, b'fhéidir? Beidh an cluiche suimiúil, cinnte. 'An bhfuil macnas ag teacht ort?' 'Níl, ach tá ragús ag teacht orm'…'

'Comhrá *is right*,' arsa Clifden, ag gearradh trasna air. *'I must find the right opportunity for that sort of* comhrá. Tá macnas ag teacht orm, *that's some chat-up line!'*

'*So it's not* Go raibh maith agat *after all*,' arsa Siobhán, '*but* Go raibh macnas agat!'

Bhí an rang ina chíréib, agus rachtanna gáire ar gach taobh. Dúirt Neasán leo go raibh sé in am dóibh dul abhaile. Scread daoine ar ais air nár fhreagair sé gach ceist fós.

'Ceart go leor,' ar sé. 'Ceist Tara, an ea? An focal nár fhoghlaim sí ar scoil?'

Bhí sciotaíl agus scigireacht sa rang. D'fhan Neasán cúpla soicind go dtí gur chiúnaigh gach duine.

'Tá an focal gnéas ann, ar ndóigh,' ar sé ansin. 'Is dócha gur chuala sibh an ceann sin cheana? Ach measaim féin gur fearr an focal collaíocht…'

'*As in* ag collaíocht le do…le do leannán?' Siobhán a bhí ag caint arís. 'Mar atá i mBéarla, *sleeping with someone?*'

'Ní hea,' arsa Neasán. Scríobh sé dhá fhocal ar an gclár. 'Collaíocht' agus 'codladh.' 'Nuair a bhíonn collaíocht ar siúl,' ar sé, 'ní bhíonn codladh ar siúl…'

'*As in* leanann codladh collaíocht?' arsa Seán.

'*Sounds like a good* seanfhocal!' arsa Michelle.

Bhí Maidhc fós ag scríobh le dúthracht. Ach leag Neasán uaidh an marcóir.

'Tá téarmaí eile ann,' ar sé leis an rang, 'nach bhfuil chomh béasach leis na cinn a scríobh mé.' Chaith sé súil ar Philomena, ach bhí sise chomh gafa leis an gceacht is a bhí gach duine eile. 'Craiceann,' mar shampla, agus 'ag déanamh craicinn'…'

'*Not to be confused, I suppose, with having the* craic?' arsa Clifden.

'Arís eile,' arsa Neasán, 'tá an-rogha nathanna den sórt seo ann. 'Leathar,' sin ceann an-choitianta. 'Babhta leathair, mar shampla, nó ag bualadh leathair.' Ceann eile ná 'feis.' Ach mar a déarfadh Clifden, *not to be confused with* feis cheoil…'

'*I'm amazed!*' arsa Maidhc. 'Ní raibh a fhios agamsa aon rud mar seo. *If my mother knew what I'd been up to tonight!*'

Bhí an rang ag bualadh bos. Dúirt Neasán leo dul abhaile agus an méid a d'fhoghlaim siad a chleachtadh go maith. Lig gach duine scairt eile gháire.

An nóiméad céanna, chuala Caoimhe dhá bhlíp ar an bhfón ar an mbord. Thóg Neasán an gléas fóin ina lámh agus d'oscail sé téacs nua a bhí tagtha isteach. D'imigh an gáire dá ghnúis.

5

Neasán

A mhíle grá. A chuisle is a stór. A mhuirnín ó.

Bhí aer an tráthnóna fionnuar. Bhí Neasán ina
sheasamh lasmuigh den tábhairne. Chuir sé a dhroim
le balla agus dhún sé a shúile meandar nó dhó. Bhí
scata ón rang laistigh den tábhairne, ag caint is ag
spraoi faoin gceacht Gaeilge a thug sé dóibh. Bhí seal
ciúnais á lorg aige féin lasmuigh.

A chumainn mo chroí istigh, tar oíche ghar éigin. A
chumainn is a shearc, rachaimid seal faoi choillte ag
scaipeadh drúchta.

Ba mhaith leis na focail sin a rá. Ba mhaith leis iad a rá lasmuigh den seomra ranga. Ní mar cheacht ach mar chluain.

Chuir tú cluain orm. B'in focal nár luaigh sé sa rang. Ba mhaith liom cluain a chur ort. Ba mhaith liom tú a mhealladh is a bhréagadh. Ba mhaith liom dul abhaile leat.

Bhí beirt nó triúr eile lasmuigh den tábhairne. Bhí siad ag caitheamh toitíní. Chonaic Neasán iad ag féachaint ina threo go hamhrasach. Ní raibh aon toitín aige féin, agus thosaigh sé ag útamáil leis an ngléas fóin ina lámh.

Bhí an téacs fóin a fuair sé ag deireadh an ranga oscailte. An téacs a fuair sé ó Aisling, a chuir mearbhall agus díomá air.

'Oíche mhaith, a Neasáin.'

Eibhlín a bhí ag caint leis. Bhí sí ar a slí abhaile, ba chosúil.

'Maith thú féin, a Neasáin,' ar sí. Dúirt sí a ainm go cúramach, chun an tuiseal gairmeach a úsáid i gceart. Bhí idir shúgradh agus dáiríre ina súile. 'Bhí an ceacht deireanach sin an-suimiúil.'

Ghabh Neasán buíochas léi. Tháinig eagla air ar feadh meandair go raibh sí ag magadh faoi. Ach bhí sí cairdiúil, gealgháireach. Bhí sí ag gáire ach ní raibh sí ag magadh.

'Bhí sé deacair duitse, ceapaim, a Neasáin,' ar sí ansin. 'Bhí misneach agat nuair a d'fhreagair tú na ceisteanna a chuir Clifden agus na daoine eile.'

Tháinig amhras ar Neasán arbh í Eibhlín a bhí ag caint leis. B'fhéidir gurbh í Sadhbh a bhí ann, leathchúpla Eibhlín. Ní raibh sé in ann iad a aithint ó chéile go maith. B'iontach an rud é, cúpla comhionann. An dúchas céanna, ach roghanna difriúla saoil.

'Rinne tú go maith é,' a dúirt an leathchúpla ansin. *'You carried it off, is what I'm trying to say.'*

'Go raibh maith agat,' arsa Neasán. Ba mhaith leis comhrá a choimeád léi, ach níor tháinig na focail chuige. Bhí sé tuirseach, spíonta. Bhí sé idir dhá chomhairle.

'Oíche mhaith, a Neasáin,' arsa an leathchúpla arís. Eibhlín a bhí ann, ar ndóigh. Eibhlín a théadh abhaile go luath tar éis an ranga. Bhí sé spíonta cinnte, gur dhearmad sé a leithéid ar feadh nóiméid.

Thosaigh an focal a luaigh Eibhlín ag greadadh ina cheann. Misneach. Bhí misneach aige, a dúirt sí, nuair a d'fhreagair sé na ceisteanna faoi shuirí agus grá.

A chumainn is a shearc. Nuair a chuir sé aithne ar Aisling ar dtús, ní bhíodh sé de mhisneach aige focail mhuirneacha a rá léi. Ba í siúd a thosaigh an nós sin. Bhíodh seisean cúthaileach fad a bhíodh sise grámhar. Bhíodh iontas air go raibh sí i ngrá leis. Bhíodh sé buíoch d'Aisling go raibh sí i ngrá leis.

Misneach. Nuair a chuala sé na ceisteanna ó Clifden

agus na daoine eile ar dtús, bhí amhras air conas iad a fhreagairt. Bhí eagla air ar dtús go mbeadh daoine ag scigireacht is ag magadh faoi féin. Bhí sé buartha go dtuigfidís nár chleacht sé an tsuirí ina shaol féin.

Ach thuig sé go maith freisin go raibh cosúlacht ag múinteoir le haisteoir. Ní raibh le déanamh ach labhairt amach go dána. Ní raibh ann ach ceacht. Ní raibh sé deacair a bheith misniúil faoin tsuirí is faoin ngrá, nuair nach raibh iontu ach ábhar cainte sa rang.

Oíche mhaith, a Neasáin. Oíche mhaith agus codladh sámh. Nó codladh sámhasach.

Bhí an t-aer fionnuar ar a éadan. Thosaigh a chroí ag preabadh go tréan. Bhí rogha le déanamh aige. Bhí misneach ag teastáil dá rogha.

Bhí Caoimhe istigh sa tábhairne. D'fhan sí siar ag deireadh an ranga chun ceist a chur air. Ceist a chuir iontas air. Ar mhaith leat deoch a ól liom thíos sa Phléaráca, a Neasáin, a d'fhiafraigh sí.

Ní raibh a fhios aige ar dtús conas í a fhreagairt. Bhí flosc air ón spraoi sa rang. Ach bhí téacs ó Aisling os a chomhair. Bhí sé idir dhá chomhairle.

Dúirt sé le Caoimhe go raibh glao fóin le déanamh aige. Dúirt sé nach raibh sé cinnte an mbeadh sé saor chun deoch a ól. Fanfaidh mé tamall leat, arsa Caoimhe leis. Ba mhaith liom deoch a ól leat má tá tú saor.

Bhí an fón ina lámh anois. Baineadh geit as nuair a léigh sé an téacs ó Aisling. Bhí iontas agus díomá air faoi.

Ní raibh sa téacs ach trí abairt. Trí abairt loma.

Ná bac tusa glaoch. Rinne mé botún. Ní raibh mórán le rá riamh agat.

Fearg agus díomá. Bhí siad le léamh go binbeach ar an téacs. Bhí fearg agus díomá ar Aisling nár labhair siad lena chéile ag am sosa. Bhí fearg uirthi nár ghlaoigh sé uirthi ach oiread.

Bhí fearg ag teacht air féin le hAisling. Cinnte, bhí moill air mar gur fhan sé ag caint le Maidhc agus le Caoimhe. Ach ba mhúinteoir é agus bhí air freastal ar an rang. Rith sé síos an staighre ina dhiaidh sin. Níor thuig sé cén fáth nach raibh Aisling sa tábhairne. Ní raibh sé in ann glaoch uirthi láithreach, mar gur fhág sé an gléas fóin thuas an staighre trí bhotún. Ach rinne sé a dhícheall glaoch uirthi go luath. Uirthi siúd an locht má bhí a gléas fóin múchta.

Ba dheacair riamh Aisling a thuiscint. Bhí sí taghdach mar dhuine. Bhí sé dúnta i ngrá léi ar feadh i bhfad ach níor thuig sé riamh í.

B'fhéidir go raibh sé in am dó tosú as an nua. Bhí Caoimhe mealltach. Bhí gliondar air nuair a d'iarr sí air deoch a ól léi. Gliondar agus iontas. Bhí sé sách cinnte nach raibh sí ag iarraidh ceisteanna gramadaí a phlé an uair seo. Bhí a súile ar lasadh. Ar lasadh le díograis agus le dúil. Bhí seans aige le Caoimhe, ba chosúil.

A bhéilín meala. A chuisle is a stór. Na focail sin a
rá, le Caoimhe seachas le hAisling.

Sheas Neasán ag doras an tábhairne. Chuala sé an
callán laistigh. Bhí pléaráca i dTigh Uí Laoire, ar sé
leis féin. B'fhéidir gur mhaith le Caoimhe dul in áit
éigin níos ciúine.

Chuaigh sé isteach sa tábhairne. Ní raibh an t-aer
fionnuar laistigh, ach meirbh. Bhain sé de a sheaicéad
agus a gheansaí mór. Bhí t-léine de chadás geal
orgánach air. Go tobann d'airigh sé níos compordaí
gan an geansaí.

Bhí roinnt daoine ón rang ina suí gar don doras.
Clifden, Seán, Sadhbh agus duine nó beirt eile. Bhí
James ina sheasamh in aice leo. Bhí seisean ar tí
imeacht, ba chosúil. Tá do leannán ag fanacht leat, a
dúirt Sadhbh leis. Beidh ceol agus craic agaibh, a
dúirt Clifden go spraíúil.

Ní raibh Caoimhe ina suí leis an ngrúpa. Ní raibh sí ag an mbeár ach oiread. Shiúil Neasán thart go mall, a chroí ina bhéal.

Chonaic sé i gcúl an tábhairne í. Bhí sí ina suí i gclúid, an doras ar oscailt. Bord amháin agus binsí adhmaid a bhí sa seomra beag. Bhí Caoimhe ina suí ag an mbord.

Ní raibh aon duine sa chlúid ach í. Bhí sí ag fanacht leis. Bhí siad chun deoch a ól le chéile.

Bhí rogha le déanamh ag Neasán. Ní raibh mórán le rá riamh agat, a dúirt Aisling sa téacs. Níor inis tú mórán dom faoi do shaol, a dúirt sí bliain roimhe sin. Níl a fhios agam cé tú féin, a Neasáin.

Bhí seans aige tosú as an nua le Caoimhe. An uair seo, bhí sé chun a scéal a insint an chéad lá. Ní raibh ag teastáil ach misneach. Misneach, agus na focail a rá os ard.

Agus b'fhéidir gur thuig Caoimhe a scéal cheana. B'fhéidir gur thug sí leid dó ag am sosa, nuair a chuir sí an cheist úd air. Bhí iontas ar Neasán faoin gceist aici, nuair a chuimhnigh sé siar ar a chomhrá le Caoimhe. Ba dheacair riamh a bheith cinnte cad a bhí in intinn duine eile.

Shiúil Neasán isteach sa chlúid. Bhí Caoimhe ag miongháire leis. Rinne sé miongháire ar ais léi agus shuigh sé síos in aice léi.

***

Bhí siad ag caint faoi laethanta saoire. D'aontaigh siad beirt go raibh aoibhneas ar leith ag baint le siúlóid scéimhiúil go moch ar maidin. Bhí suaimhneas draíochtúil san aer, dar leo, nuair a bhí an saol mór fós ina chodladh.

Bhí lámh Chaoimhe ar a gloine. Fíon geal a bhí á ól aici. Bhí aird ag Neasán ar a cuid cainte. Ach bhí sé ag faire ar a lámh ag an am céanna. Thug sé faoi deara a lámh, a béal, a cuid gruaige. Bhí a méara mín, caol. Bhí loinnir éadrom ar a beola, ón smidiú a bhí uirthi. Bhí gach ribe fionnbhán dá cuid gruaige ina áit. Shamhlaigh sé lámh Chaoimhe ag teagmháil lena lámh féin.

Bhí siad ag caint faoi laethanta saoire. Thaitin sé le Caoimhe teangacha a fhoghlaim. D'inis sí dó faoi chúrsaí foghlama a rinne sí sa Fhrainc agus sa Spáinn. D'inis sí dó ansin faoi na béilí ab fhearr a d'ith sí i mbailte stairiúla thar lear. Labhair siad faoin sult a bhain le béile a ordú i dtír iasachta. Bhí blas ar leith ar an mbia, dar leo beirt, nuair nár thuig tú roimh ré cad a bheadh ann. Agus nuair a d'ól tú gloine fíona ón gceantar mar aon le bia na háite.

Sú úll a bhí á ól ag Neasán anocht. Níor theastaigh uaidh alcól a ól. D'airigh sé go raibh meisce air cheana, gan aon bhraon a ól. Theastaigh misneach uaidh ceart go leor, ach níor theastaigh misneach alcóil uaidh.

'Sláinte, a Neasáin!'

Chling Caoimhe an dá ghloine lena chéile. Rinne a lámh teagmháil le lámh Neasáin. Bhí a méara mín, caol.

Dúirt Neasán rud éigin faoi na focail i dteangacha eile chun sláinte a ól. *Santé, Salud, Salute.* Fraincis, Spáinnis, Iodáilis. *Skaal* sa tSualannais, a dúirt Caoimhe leis. *Sanitas bona* sa Laidin, a dúirt Neasán de gháire.

Bhí lámh Chaoimhe fós ag teagmháil lena lámh. Bhí misneach ag teastáil uaidh go géar.

Leag sé a ghloine síos ar an mbord. Rug sé ar lámh Chaoimhe. D'fháiltigh sise roimh ghreim a láimhe. D'fhill sí a méara míne ar a mhéara siúd.

Chlaon sí isteach chuige. Bhí boladh éadrom cumhráin san aer. Lá samhraidh a chuir an boladh i gcuimhne dó. Lá samhraidh amuigh sa ghairdín go moch ar maidin.

An chéad rud eile ná í a phógadh. An chéad rud eile, ach go raibh rud éigin le rá aige léi ar dtús.

'A Chaoimhe,' ar sé. 'Ba mhaith liom scéal a insint duit.'

Bhí siad ag féachaint sna súile ar a chéile. Tháinig scáil an amhrais ar shúile Chaoimhe.

'Bhíomar ag caint ag am sosa,' ar sé go tapa. An rud ba thábhachtaí ná a bheith ag caint. An rud a rá, pé ord inar tháinig na focail as a bhéal. 'Chuir tú ceist orm faoi conas a bheadh a fhios agat an raibh ainmfhocal firinscneach nó baininscneach.'

Ní dúirt sí tada os ard. Ach labhair an t-amhras ina súile go líofa leis.

'Nílim ag iarraidh labhairt leat faoi ghramadach,' ar sé ansin. 'Ach nuair a chuir tú an cheist sin orm faoi ainmfhocail, cheap mé go mb'fhéidir go raibh tú ag tabhairt leide dom...'

'Ní thuigim,' arsa Caoimhe. Chuala sé an díomá ina guth. 'Níl tú ag iarraidh labhairt faoi ghramadach, ach fós tá tú ag labhairt faoi ghramadach.'

'A Chaoimhe,' arsa Neasán arís. Bhí a bhéal tirim ach níor ól sé aon bholgam óna ghloine. Níor theastaigh uaidh scaoileadh lena lámh. Bhí deis aige anois a chuid a rá. Deis amháin, nó tharlódh an rud céanna a tharla le hAisling. Chaillfeadh sé a mhisneach. Duine cúthaileach, cúramach a bheadh ann i gcónaí. Duine nach raibh in ann an fhírinne a insint faoi féin.

'B'fhéidir go ndéanfaidh tú gáire fúm,' a dúirt sé

ansin. 'Nó b'fhéidir go mbeidh uafás ort. Ach is duine tuisceanach tú, creidim. Ní bhíonn tú ag pleidhcíocht sa rang…'

Bhí sé in am na focail a rá. Ní raibh Caoimhe ag tabhairt leide dó ag am sosa. Ní raibh eolas ar bith aici ar a scéal. Ach ní raibh aon dul siar anois.

'Neasán is ainm dom, mar atá a fhios agat,' ar sé ansin. 'Ach bhí ainm eile orm ar feadh na mblianta fada. Tharla rud i mo shaol, rud an-deacair…'

'Nuair a rugadh mé, níor thug mo thuismitheoirí Neasán orm,' ar sé le Caoimhe. 'An t-ainm a thug siadsan orm ná Neasa.'

Bhí sé ar a dhícheall ag féachaint sna súile ar Chaoimhe. Níor theastaigh uaidh scaoileadh lena dearc.

'Mar chailín a rugadh mé,' ar sé. 'Mar chailín a chaith mé cuid mhór de mo shaol. Ach ní raibh mé i gceart mar chailín. Bhí mé san inscne mhícheart.

Thuig mé é sin ó bhí mé i mo pháiste. Tarlaíonn sé do roinnt daoine, mar a thuigeann na dochtúirí inniu. Tarlaíonn sé do chailíní agus do bhuachaillí…'

Stop Neasán ag caint. D'airigh sé go raibh macalla a chuid focal ag plabadh ar fud an tseomra. Bhí eagla air go raibh gach duine amuigh sa tábhairne ag éisteacht leis.

Labhair Caoimhe go han-íseal ar deireadh. Chlaon Neasán isteach chuici chun í a chloisint.

'Agus cheap tú,' ar sí, 'nuair a chuir mise ceist ort faoi ainmfhocail…?'

'Cheap mé go raibh tú ag tabhairt leide dom,' arsa Neasán. 'Ceapaim i gcónaí go bhfuil a fhios ag daoine, go n-aithníonn siad ar bhealach éigin…'

'Agus labhair mise faoi cad tá firinscneach agus cad tá baininscneach…'

'An rud a bhí mé ag iarraidh a rá leat ná go bhfuil

patrúin ann, ach nach leanann gach ainmfhocal na patrúin. Níl na rialacha simplí ná follasach i gcónaí. Agus an bhfuil a fhios agat, fiú an focal cailín féin, is focal firinscneach é? An cailín, gan séimhiú. Bhíodh inscne eile ag an bhfocal sin fadó…'

'Dúirt tú nach raibh tú ag iarraidh caint faoi ghramadach?'

'Nílim ag caint faoi ghramadach,' arsa Neasán. 'Táim ag caint faoin saol. Mar a tharlaíonn sé nach mbíonn rialacha simplí oiriúnach do gach duine. Mar atá eisceachtaí sa saol, daoine cosúil liomsa atá difriúil leis an slua. Tá eisceachtaí agus difríochtaí de gach sórt sa saol. Ní rud eisceachtúil é go bhfuil eisceachtaí ann. Tá na mílte daoine cosúil liomsa ann. Bhíomar ann riamh ach bhíomar inár dtost. Nó cuireadh chun báis sinn. Nó chuireamar lámh inár mbás féin…'

Stop Neasán arís go tobann. Bhí sé deacair air na rudaí seo a rá os ard. Na rudaí a bhí á chrá leis na blianta. Bhí lámh Chaoimhe fáiscthe ar a lámh féin fós. Ach ní raibh aon tuairim aige ar thuig sí an teanga a bhí á labhairt aige.

'Níor theastaigh uaim riamh,' a dúirt sé go ciúin, 'ach an méid a theastaigh ó dhaoine eile. Clann agus cairde, caint agus éisteacht, suirí agus grá.'

'Táim cinnte go raibh sé an-deacair duit,' a dúirt Caoimhe tar éis tamaill. Bhí a guth cosúil le guth duine a fuair buille tobann, a d'fhág gan anáil í. Ní raibh sí ag féachaint air níos mó.

'Táim cinnte go raibh sé an-deacair duit do scéal a insint dom,' a dúirt sí ansin. 'Agus an rud ar fad.. Nuair a bhí a fhios agat....' Thóg sí a súile ón mbord. 'Cad a dúirt tú? Nuair a bhí a fhios agat go raibh tú san inscne mhícheart?'

'Ón nóiméad a thagann tú ar an saol,' arsa Neasán, 'bíonn daoine ag trácht ar cén inscne tú. 'Nach álainn an buachaill beag é,' a deirtear faoi leanbh nua.

'Maith an cailín,' a deirtear fiche uair sa lá le páiste óg. Ach nuair nach mbíonn an focal agus an duine ag teacht le chéile…'

Chuala Neasán buillí a chroí féin ag bualadh. Bhí sé in am dó éirí as an gcaint. Bheadh am ag teastáil ó Chaoimhe chun glacadh leis an méid a dúirt sé. Chun an scéal a thuiscint, má bhí aon dóchas ar domhan go dtuigfeadh sí é.

D'éist siad beirt leis an tost a bhí ina luí go trom ar an aer. Ansin scaoil Caoimhe lena lámh.

'Bhí tusa macánta liomsa,' ar sí le Neasán, 'ach ní raibh mise macánta leatsa. Tabhair dom d'fhón póca, le do thoil.'

Thóg sé an gléas fóin as a phóca. Chuir sé ar siúl é agus thug sé di é. Ní raibh aon tuairim aige cén cúram a bhí aici de.

'Fuair tú téacs níos luaithe,' a dúirt Caoimhe ansin.

Ní raibh aon mhothú ina guth. 'Téacs ó do dheirfiúr. Lasairíona is ainm di, nach ea?'

Thosaigh Caoimhe ag útamáil leis an bhfón, chun an téacs ó Lasairíona a aimsiú. Thaispeáin sí ainm a dheirféar dó ar an scáileán. Ansin d'oscail sí an téacs.

'D'fhág tú d'fhón ar an mbord ag am sosa,' arsa Caoimhe. 'D'oscail mise an téacs seo a tháinig isteach nuair a bhí tú thíos sa tábhairne.'

Thaispeáin Caoimhe an téacs dó ar an scáileán. Bhí na focail ag snámh os a chomhair.

'Tá brón orm,' arsa Caoimhe ansin. 'Bhí eagla orm faoi Aisling, mar gur theastaigh uaim... An rud atá mé ag iarraidh a rá ná... Chuir mise an téacs seo chuig Aisling. Tá brón orm...' Thug sí an gléas fóin ar ais dó. Bhí an téacs fós ar taispeáint. 'Tá náire orm gur tharla a leithéid. Ní raibh sé de cheart agam...'

D'oscail Neasán a bhéal ach níor éirigh leis aon rud a rá. Bhí macalla a chuid cainte féin le Caoimhe fós ag greadadh ina cheann.

'Tá brón orm,' arsa Caoimhe arís. Chrom sí agus thóg sí a mála láimhe ón urlár.

'Níl an locht ortsa, a Neasáin, ach ormsa,' ar sí. Thug sí spléachadh tapa sna súile air. 'Bhí misneach agat do scéal a insint dom. Bhí tú macánta agus tá meas agam air sin. Ach ní féidir liom fanacht… Tá sé ródheacair, tar éis gach rud…'

Sheas Caoimhe agus thóg sí a cóta den bhinse. Dhún sí an doras ina diaidh nuair a d'fhág sí an seomra beag.

Bhí Neasán ina aonar sa chlúid. Bhí sé ag éisteacht le buillí balbha a chroí istigh ina lár. Bhí scata callánach amuigh sa Phléaráca, ag spraoi agus ag déanamh comhluadair.

6

Aisling

Tóg go bog é. Ná déan deifir.

Ná déan óinseach díot féin. Ná déan botún mór eile.

Bhí Aisling ina seasamh sa tábhairne. Bhí a cóta fliuch ón mbáisteach, a bhí ag titim arís lasmuigh. Bhain sí a cóta go mall. Bhí an tábhairne gnóthach anois. Ba dheacair a fheiceáil cé a bhí san áit.

'Fáilte romhat.. Fáilte romhat ar ais, *I mean.*'

Chas Aisling go dtí bord ar a taobh clé. Bhí grúpa ón rang ag an mbord.

'Fáilte romhat suí síos,' a dúirt duine ón ngrúpa léi. An Meiriceánach leis an ainm úd ón iarthar. 'Ar mhaith leat.. deoch?'

Tóg go bog é. Féach timpeall ar an tábhairne. Féach an bhfuil sé anseo.

'Go raibh maith agat,' arsa Aisling. 'Ach táim…' Bhí na daoine ag an mbord ag miongháire léi. Clifden, an Meiriceánach. An fear eile sin, Maidhc. Agus duine de na mná, Sadhbh nó Siobhán nó ainm éigin mar sin. Ní raibh Aisling cinnte cad ab fhearr di a rá leo.

'Bhí orm imeacht ón rang go luath,' a dúirt sí. 'Ní raibh deis agam labhairt i gceart le…leis an múinteoir. An bhfuil a fhios agaibh…?'

'Tá sé sa *snug* thall ansin,' arsa an bhean. Sea, duine den chúpla. Sadhbh nó Eibhlín.

'*I don't think* go bhfuil,' arsa Clifden. 'Ceapaim gur tháinig sé amach nuair a bhí mé ag an mbeár. Cúig nóiméad ago, *I'd say.*'

'*Caoimhe was in the snug with him,*' arsa Maidhc. '*Having another grammar tutorial, wasn't that what we figured?*' Bhí an bheirt eile ag comharthú leis a bhéal a dhúnadh. Ní raibh a fhios ag Aisling an raibh Maidhc ag magadh nó an raibh sé fíorshoineanta. '*Sorry, is that the wrong thing to say?*' ar sé ansin. '*Anyway,* tháinig sí... *No,* chuaigh sí.. *Or is it* chonaic sí...? *Oh, I give up!*'

Tóg go bog é. Tá na daoine seo ón rang go deas cairdiúil. Ach tá siad fiosrach fút anois. Fiosrach fút féin agus Neasán agus Caoimhe.

'Go raibh maith agaibh arís,' arsa Aisling leo.

'B'fhéidir go mbeidh deoch agam libh am eile.'

Tá tú ar stáitse anois. Beidh siad ag caint fút anois. Ach is cuma faoi. Ná rith amach as an tábhairne an uair seo.

Shiúil Aisling go dtí an chlúid go mall. Níor mhaith léi an doras a oscailt ar Neasán agus Caoimhe. An bheirt acu ag pógadh a chéile, b'fhéidir.

Ach theastaigh uaithi labhairt le Neasán, fiú ar feadh cúpla nóiméad féin. Ní raibh an ceart aici rith amach as an tábhairne níos luaithe. Ná ní raibh an ceart aici téacs feargach a chur chuig Neasán.

Bhí doras na clúide ar oscailt. Ní raibh aon duine laistigh.

Sheas Aisling ina staic. Chonaic sí póstaer ar an mballa in aice léi, a d'fhógair rang Gaeilge thuas an staighre gach tráthnóna Máirt. Chonaic sí na púcaí agus na taibhsí ar crochadh ón tsíleáil. Ní raibh fonn uirthi siúl ar ais i dtreo an ghrúpa ón rang. B'fhéidir go raibh cúldoras amach as an bPléaráca.

'A Aisling!'

Bhí Neasán ag teacht amach as an leithreas. Bhí a sheaicéad dubh agus a scaif bhán air. Chonaic Aisling an stró agus an tuirse ar a ghnúis.

'A Neasáin! Bhí mé díreach ar tí…'

Thosaigh an bheirt acu ag caint in aon turas.

'A Aisling, an téacs sin a fuair tú…' arsa Neasán léi. 'Níor scríobh…'

'Níor scríobh tusa é,' arsa Aisling. 'Tá a fhios agam é sin.'

'Conas atá a fhios agat…?'

Thóg Aisling amach a gléas fóin chun an téacs a

thaispeáint dó. Ba dheacair di a chreidiúint go raibh sí féin agus Neasán ag caint lena chéile ar deireadh.

'Bhí iontas orm nuair a léigh mé an téacs i dtosach,' ar sí go tapa. 'Na noda seo a bhí in úsáid ann, 'n8' ar 'anocht' agus a leithéid. De réir mar ba chuimhin liom, ní thaitníodh noda den sórt sin leatsa. Scríobhadh tú amach na focail leis an litriú cruinn…'

'Ach chuir tú freagra giorraisc ar ais chugam ar aon nós?'

'Tháinig an téacs ó d'uimhirse,' arsa Aisling. 'Cad a cheapfainn ach gur tusa a scríobh é? Tháinig fearg orm agus mhúch mé an fón. Tar éis tamaill, chuir mé ar siúl arís é agus chuir mé an téacs giorraisc chugat.'

'Ach d'athraigh tú d'intinn níos moille?'

'D'athraigh. Bhí a fhios agam go raibh rud éigin aisteach ag baint leis an téacs a tháinig ó do ghléas. Ní hamháin na noda, ach bhí focal in úsáid ann nár chuala mé agatsa riamh.'

Thaispeáin Aisling scáileán a fóin do Neasán arís. Chuir sí a méar ar an dara habairt, an ceann a dúirt 'Ná bac glao, 7n n-vsi.' 'Thóg sé cúpla nóiméad orm ciall a bhaint as an bhfocal deireanach úd,' ar sí.

'Tá an ceart agat, ní deirimse *busy* nó an-*bhusy* i nGaeilge riamh,' arsa Neasán. 'Seachtain an-*bhusy!* Mo dheirfiúr Lasairíona a scríobh é.'

'Díreach mar a cheap mé,' arsa Aisling. 'Chuimhnigh mé uirthi tar éis tamaill. Is dócha gur chuir sise an téacs chugatsa, agus ansin gur chliceáil tú ar m'ainmse trí bhotún. Seans maith go bhfuil m'ainm ar bharr do liosta ar an bhfón, san ord aibítre?'

Bhí Neasán ar tí rud éigin a rá, ach stop sé. Thug Aisling an tuirse ar a shúile faoi deara arís. Bhí sé imithe in aois, dar léi, ó chonaic sí sa rang é.

'Tá brón orm go raibh moill orm ag am sosa,' ar sé. 'Bhí mé ag iarraidh deifriú, ach ní raibh an ceart agam…'

'Ná bac,' ar sí. 'Tá brón ormsa gur tháinig mé go dtí an rang gan tada a rá leat roimh ré.'

Bhí an bheirt acu ina seasamh lasmuigh den chlúid, faoi sholas buí. Bhain Neasán a scaif go mall. Thug Aisling faoi deara an t-léine deas a bhí air faoin sheaicéad.

'Ar mhaith leat suí síos anseo?' ar sé ansin. 'Nó dul in áit éigin eile?'

'Ba mhaith liom scéal a insint duit,' arsa Aisling. 'Scéal a bhí le hinsint agam duit bliain ó shin.'

Chuaigh siad isteach sa chlúid. Bhí dhá ghloine ar an mbord. Bhí fíon geal fágtha i gceann acu, agus sú de shórt éigin sa cheann eile. Thit tost eatarthu fad a d'ordaigh Aisling deochanna nua.

'Inis tusa do scéal domsa ar dtús,' arsa Neasán nuair a shuigh sí in aice leis. 'Agus inseoidh mise scéal duitse ansin.'

'Bhí mé trí chéile nuair a d'imigh mé go Sasana,' arsa Aisling. 'D'airigh mé go raibh sé ródheacair gach rud a mhíniú.' D'fhéach sí i leataobh air. 'Agus ní bhíodh sé éasca labhairt leat in amanna.'

Ní dúirt Neasán tada. Chuimil sé a lámh ar a ghloine. Chuimhnigh Aisling nach n-óladh sé alcól de ghnáth ach le béilí.

'Aisling is ainm dom, mar atá a fhios agat,' ar sí ansin. 'Bhí cúis ar leith ag m'athair agus mo mháthair an t-ainm sin a thabhairt orm.'

D'ól Aisling bolgam dá deoch féin go tapa. Fíon dearg a bhí ina gloine. Bhí tart alcóil uirthi féin, tar éis ar tharla i rith an tráthnóna.

'Cheap m'athair is mo mháthair nach mbeidís in ann leanbh a bheith acu in aon chor,' ar sí. 'Brionglóid nó aisling a bhí ionam, dar leo.'

D'ól sí an dara súimín dá deoch. Faoiseamh a bhí ann braon fíona a shlogadh.

'Chuaigh m'athair is mo mháthair go dtí clinic i Sasana, beagnach tríocha bliain ó shin. Bhí an clinic in ann cabhrú leo. *Donor insemination* a bhí i gceist, níl a fhios agam cén Ghaeilge atá air sin?'

'Níl a fhios agam,' arsa Neasán. Ba bheag nár tháinig tuin an mhúinteora ar a ghuth. 'Inseamhnú,' ceapaim. 'Inseamhnú deontóra, b'fhéidir…'

'Pé téarma a bhí air,' arsa Aisling go tapa, 'b'in a tharla. Mo mháthair a thug ar an saol mé, ar ndóigh. Ach bhí beirt aithreacha agam. Duine nár casadh orm riamh, agus nach raibh a ainm ar eolas ag mo mháthair, fiú.'

'Agus an raibh an scéal ar eolas agatsa le fada? Ar inis do thuismitheoirí duit é? An raibh siad oscailte faoi nó an raibh leisce orthu labhairt faoi?'

Chuir Neasán na ceisteanna go cíocrach. Bhí fonn air éisteacht léi.

'D'inis siad an scéal dom i bhfad ó shin,' arsa Aisling. 'Ach níl a fhios agam… Thuig mé uathu gurbh fhearr dom gan é a insint do dhaoine eile. Measaim go raibh eagla orthu nach dtuigfeadh daoine eile é.'

'Nó cheap siad go mbeadh an saol níos éasca do gach duine, b'fhéidir, gan tada a rá os ard?'

'Nílim ag fáil locht ar mo thuismitheoirí,' arsa Aisling. 'Ná ar an duine… ar mo chéad athair. Ní bheinnse ann inniu gan an rud a rinne siad. Ach uaireanta, nuair a athraíonn an saol go mór, is dócha go ndéantar botúin. Tharla sé ar feadh na mblianta i gcás páistí a uchtaíodh… Ní bhíodh cead acu eolas a fháil ar cérbh iad féin…'

'Agus theastaigh eolas den sórt sin uaitse? Chun a thuiscint cad a chuaigh romhat? Chun a fháil amach cér díobh tú?'

Bhí Neasán ag ól a cuid focal, dar le hAisling. Bhí sé cosúil le planda nár cuireadh uisce air le fada. Bhí aiféala dáiríre uirthi nár inis sí an scéal dó i bhfad ó shin.

'Deontóir, sin focal deas cliniciúil,' ar sí leis. 'Ach táimid ag caint faoi m'athair. Mo chéad athair, mar a thugaimse air. Tá iarsmaí móra den duine sin i mo shaol. B'fhéidir go bhfuil na súile céanna againn, nó na fadhbanna sláinte céanna. Ach níl a fhios agam. Tá na hiarsmaí a d'fhág sé i bhfolach orm. Níl cead agam iad a lorg.'

D'airigh Aisling go raibh an scéal ag doirteadh aisti anois ina shruth. Faoiseamh a bhí ann na focail a scaoileadh chun bealaigh.

'Tá na mílte daoine cosúil liomsa ann,' ar sí. 'Ach tá dearmad déanta orainn sna rialacha a bhaineann leis an ngnó. Mar a deirim, níl aon chead agamsa eolas a fháil. Dá mbeinn i mo pháiste óg inniu, b'fhéidir go mbeadh…'

Bhí sí ag labhairt róthapa. Bhí an damba briste agus bhí sé deacair uirthi an rabharta chainte a smachtú. Cinnte, labhair sí faoin scéal cheana, le daoine cineálta i ngrúpaí tacaíochta. Ach níor labhair sí faoi le haon chara cheana.

'Tá na rialacha ag athrú de réir a chéile,' ar sí. 'Athraíodh an dlí i Sasana cúpla bliain ó shin. Ach ní dhéanann sin aon difríocht do dhaoine cosúil liomsa a rugadh sna 1970í – tamall fada ó shin sna cúrsaí seo. Agus maidir leis an dlí in Éirinn…'

'An seanscéal, is dócha,' arsa Neasán, agus é ag gearradh trasna uirthi. Chuala sí an searbhas ina ghuth. 'Na daoine atá thíos leis an dlí ag iarraidh é a athrú, ach gan aon rud ag tarlú faoi dheifir?'

D'fhéach an bheirt acu ar a chéile. Chuimhnigh Aisling ar an méid ama a chaithidís ina suí go tostach. An t-am sin ar fad nuair a bhí a scéal ag coipeadh istigh inti.

'Arbh é sin a thug go Sasana tú?' Go réidh, cineálta a chuir Neasán an cheist.

'D'éirigh mé gafa leis an scéal tamall tar éis dom casadh leatsa,' arsa Aisling. 'Thosaigh mé ag smaoineamh níos mó ar mo shaol féin…'

'Mar tá sé deacair grá a thabhairt do dhuine eile,' arsa Neasán, 'mura bhfuil tú cinnte ar dtús cé tú féin?'

Dubhfhoclach. B'in mar a chuimhníodh Aisling ar Neasán, nuair a d'imigh sí go Sasana. Ach pé rud a tharla ó shin, ní raibh sé dubhfhoclach, dúnárasach anocht.

'Léigh mé píosaí ar an idirlíon ar dtús,' ar sí leis. 'Léigh mé faoi dhaoine cosúil liomsa a chuaigh ag tochailt eolais. Agus ansin thuig mé go raibh ceisteanna móra nár smaoinigh mé orthu roimhe sin. Léigh mé faoi dhaoine a fuair amach go raibh a lán leathdheartháireacha agus deirfiúracha acu, mar shampla. I roinnt cásanna, rugadh deichniúr nó fiche leanbh ón deontóir céanna.'

Bhí an chuid ba dheacra dá scéal le hinsint ag Aisling anois. B'fhéidir go gceapfadh Neasán fós gur óinseach í.

'Ansin léigh mé faoi dhaoine a bhí i ngrá,' ar sí. 'Daoine a bhí ar tí pósadh. Daoine a fuair amach gan choinne go raibh siad i ngrá le duine a bhí gaolmhar leo. Bhí siad chun a leathdheartháir nó leath-cholceathrar féin a phósadh, agus ní raibh a fhios acu é. Tá sé deacair a chreidiúint, ach is féidir leis tarlú.'

Labhair Neasán go mall. Bhí a shúile ar leathadh.

'Ach níor cheap tú go raibh mise…?'

Níor thug Aisling freagra air láithreach. Chuir sí a gloine go dtína srón agus bhain sí boladh as. Bhí an boladh séimh, cineálta, dar léi. Bhí Neasán séimh cineálta. Ach bhíodh mistéir éigin ag baint leis freisin. Mistéir a mheall ar dtús í, ach a chuir le báiní í tar éis roinnt míonna.

'Níor inis tú mórán dom faoi do shaol,' ar sí le Neasán. 'Níor thugamar cuairt ar do thuismitheoirí. Ba chosúil go raibh rún éigin á cheilt agatsa freisin. Bhí seans ann - seans beag bídeach, b'fhéidir, go raibh tú gaolta liom. Tá Éireannaigh i Sasana agus Sasanaigh in Éirinn. Agus mar a deirim, tarlaíonn a leithéid…'

Bhí Neasán ina thost. Chuir seisean a ghloine go dtí a bhéal agus bhain sé bolgam mór as. Thuig Aisling go géar gur ghortaigh sí é nuair a d'fhág sí slán leis go tobann. Bhí an gortú sin le feiceáil ina shúile fós.

'Bheartaigh mé slán a fhágáil ag mo shaol in Éirinn,' ar sí. 'Dul i mo chónaí i Sasana. Dul ar cuairt ar an gclinic. Scríobh mé chuig an gclinic cúpla uair roimhe sin ach ní dúirt siad mórán liom. Theastaigh uaim an t-am a ghlacadh chun gach eolas a lorg.'

'Agus thóg sé bliain ort?' a d'fhiafraigh Neasán. 'Nó an bhfuair tú an t-eolas a bhí uait fós?'

'Níl mórán ar eolas agam faoi mo chéad athair fós,' arsa Aisling go cúramach. 'Ach tá triúr deartháireacha agam, ar a laghad. Leathdheartháireacha. Is féidir trialacha DNA a dhéanamh. Agus amana is féidir eolas a fháil tríd an idirlíon ar dhaoine a bhfuil DNA cosúil le do chuid féin acu.' Rinne sí gáire ciúin. 'Uaireanta bíonn an t-ádh ort. Chas mé le duine amháin de mo leathdheartháireacha. Táimid ag lorg eolais ar na daoine eile anois...'

'Ní mise duine de do dheartháireacha,' arsa Neasán go tobann. Rinne seisean miongháire bog. 'Níl ach athair amháin agamsa, mar a tharlaíonn, agus tá a fhios agam go rímhaith cé hé. Ach ar aon nós...'

Leath a mhiongháire ar Neasán. Bhí a shúile ar lasadh.

'Ar aon nós,' ar sé, 'nuair a rugadh mise, ní raibh mé i mo dheartháir ag aon duine. Bhí mé i mo dheirfiúr ag Lasairíona.'

Bhí a gloine fíona ar a béal ag Aisling. Thosaigh sí ag casachtach, ón mbolgam a shlog sí go tobann.

'Tá scéal le hinsint agamsa freisin,' arsa Neasán. 'An teideal air ná Neamhord Féiniúlacht Inscne. Nó Athlíniú Inscne, sin teideal eile air. Nach breá na focail iad? Seans gur chuala tú caint orthu i mBéarla? *Gender Identity Disorder,* a deirtear, agus *Gender Realignment.* Ach b'fhearr liom féin na focail i nGaeilge. Measaim nach bhfuil siad chomh fuar is atá na focail i mBéarla.'

Phléasc racht ar Aisling. Ach ní ag casachtach a bhí sí an uair seo, ach ag gáire.

'Tá brón orm, nílim ag gáire faoi…' a dúirt sí, ach níor éirigh léi a thuilleadh a rá amach. Chuir sí a gloine síos ar an mbord, chun nach ndoirtfeadh sí a deoch.

'Athlíniú inscne agus inseamhnú deontóra,' arsa Neasán arís. 'Nach breá na ceachtanna Gaeilge atá againn anocht? Agus cheap na daoine sa rang go raibh na focail ar chúrsaí suirí agus grá suimiúil!'

Ní raibh Aisling in ann stop a chur lena gáire. Lean na rachtanna ag briseadh uaithi. Thosaigh Neasán ag gáire amach os ard freisin.

'Nílim ag gáire faoi do scéal, ach faoi…' Bhí deora ag sileadh le hAisling.

'Ná bac,' arsa Neasán. Bhí sé cromtha ag gáire lena taobh. Leag sé lámh ar Aisling agus é ag iarraidh smacht a fháil ar a racht féin.

'Bhíomar ag caint…' Chuimil Neasán na deora gáire a bhí ar a shúile féin. 'Bhíomar ag caint sa rang faoi bhriathra neamhrialta agus eisceachtaí! Dá mbeadh a fhios acu…'

'Mise agus tusa!' arsa Aisling. 'Níl mo shaolsa ná do shaolsa ag cloí leis na rialacha simplí, an bhfuil? Níl an Aimsir Chaite mar is ceart, is cosúil!'

D'fhan an bheirt acu ag féachaint ar a chéile nuair a chiúnaigh ar a ngáire. Ansin chlaon Aisling isteach le Neasán agus phóg sí go bog ar a bhéal é.

'An cuimhin leat na rudaí a deirimis le chéile?' arsa Aisling ansin. 'Na focail sin a thaitníodh go mór linn a rá. A chuisle is a stór. A chuid is a rún.'

'A mhuirnín ó. A chumainn mo chroí.' Níor phóg Neasán ar ais í láithreach ach labhair sé go bog, cineálta. 'Tusa a chuir tús leis an nós sin. Bhí sé an-mhealltach mar nós.'

'A stór, a stór, a ghrá,' ar sí le Neasán. 'Is cuimhin liom tusa á rá sin. A stór, a stór, a ghrá, an dtiocfaidh tú nó an bhfanfaidh tú?'

**

Bhí Aisling ina seasamh ag an mbeár. Bhí slua ag fanacht le deochanna. Bhí sé ag druidim le ham dúnta sa Phléaráca.

Tráthnóna fada. Uair an chloig ar a laghad ó shuigh sí síos le Neasán sa chlúid. Uair an chloig go leith, b'fhéidir.

Tharraing sí airgead as a póca. Thit cúpla euro ar an urlár agus chrom sí chun iad a thógáil. Bhí sí súgach, thuig sí an méid sin. Gloine fíona amháin eile, ba leor é.

Bhí an t-aer sa tábhairne meirbh. Bhí boladh allais san aer, ó na daoine go léir a bhí brúite le chéile. Bhí scata mór tagtha isteach ó ranganna eile an tráthnóna. Thaitin an boladh san aer le hAisling go tobann. Bhí sí súgach, agus thaitin an teas, an torann agus an t-allas a bhí ina timpeall léi chomh maith céanna.

Rinne sí miongháire beag léi féin. Boladh na collaíochta a bhí ann, dar léi.

Tháinig fear an bheáir ina treo ar deireadh.

D'ordaigh sí dhá dheoch uaidh. Gloine fíona agus pionta leanna. Deoch amháin eile an duine. Dul abhaile ansin.

Níl aon deifir. Níl a fhios agat fós an mbeidh seisean ag triall abhaile leat. Nó an bhfágfaidh sé slán leat ag doras an Phléaráca.

Cá bhfios? Feicfimid linn ar ball.

Níl sé cúthaileach ar aon nós. Tá sé mealltach, cainteach. Tá sé in ann cluain a chur ort go breá réidh.

Chonaic Aisling í féin sa scáthán ar chúl an bheáir. Leath meangadh eile uirthi agus í ag faire uirthi féin. Iontach mar a tharla rudaí, dáiríre.

Uair an chloig ó shin, b'fhéidir, a tháinig casadh nua sa script. Níor lean an script mar a shamhlaigh sí é nuair a bhí sí ina suí sa chlúid le Neasán. Nuair a thug sí póigín cheanúil dó ar a bhéal.

Shlíoc Aisling a cuid gruaige fada agus í ag faire uirthi féin sa scáthán. Ní raibh deoch á ceannach aici do Neasán anois. Bhí deoch á ceannach aici d'fhear eile.

Chuaigh sí siar ina hintinn ar an méid a tharla sa chlúid. An tost suaimhneach a thit uirthi féin is Neasán tar éis dóibh an dá scéal a insint. An tost eatarthu a d'éirigh míshuaimhneach ar ball.

Bhí a scéal inste ag Aisling ach ní raibh freagraí aici ar a cuid ceisteanna faoi Neasán. Bhí amhras uirthi fós an raibh sí i ngrá leis.

A mhuirnín ó. A chumainn mo chroí. Bhíodh Aisling i ngrá leis na focail mhuirneacha úd. Ba bhreá léi na barróga is na póga cíocracha. Ach ba chuimhin léi freisin cén sórt saoil a shantaíodh Neasán. Bhíodh fonn air siúd fanacht sa bhaile ag cócaireacht is ag éisteacht le ceol suaimhneach. Bhíodh fonn uirthi féin dul amach go dtí tábhairní agus cóisirí.

Ina suí istigh sa chlúid di le Neasán, thuig Aisling de

gheit cén fáth gur éalaigh sí go Sasana. Cinnte, d'imigh sí go tobann mar go raibh a hintinn gafa ag scéal a hathar. Ach d'fhág sí slán le Neasán freisin mar gur thuig sí ina croí istigh nach raibh sí dúnta i ngrá leis.

'A chuid is a rún,' arsa Neasán léi tar éis tamaill. 'Is iontach gur éirigh linn caint lena chéile ar deireadh. Bhí sé fíordheacair nuair nach raibh aon tuairim agam...'

Labhair sé go séimh, cneasta. Ach níor thug sé aon phóg di ar a béal. Thuig Aisling go tobann nach raibh seisean i ngrá léi siúd anois ach oiread.

'Táim an-cheanúil go deo ort, a Aisling,' ar sé ansin. 'Ach níl a fhios agam an féidir linn tosú as an nua. Athraíonn rudaí...'

Chuimhnigh Aisling ar an mboladh cumhráin a fuair sí nuair a chlaon Caoimhe ina treo sa seomra ranga. Bhí puth cumhráin fós ar an aer sa chlúid, dar léi.

'Tá sé ceart go leor,' a dúirt Aisling le Neasán. 'An

rud is tábhachtaí ná gur éirigh linn caint lena chéile. Tá brón orm gur thóg sé tamall chomh fada...'

Bhí iontas ar Aisling faoin gcasadh sa script. Iontas agus tocht bróin ag an am céanna. Ní raibh sí féin is Neasán i ngrá lena chéile. Ach bhí siad ag labhairt faoi go stuama. Ní raibh tost doicheallach eatarthu níos mó. Ní raibh uirthi éalú go tobann ó na deacrachtaí ina saol.

Dúirt Neasán ansin gur mhaith leis téacs fóin a sheoladh. Ach nuair a chuir sé an fón ar siúl, chuala siad na blípeanna a d'fhógair go raibh téacs nua tagtha isteach.

'Ó Chaoimhe atá sé,' ar sé. Chonaic Aisling an loinnir ina shúile dorcha.

Go tobann, thosaigh sí féin agus Neasán ag comhrá ar nós seanchairde. Ag comhrá faoi Chaoimhe, agus faoi cad ba cheart do Neasán a dhéanamh anois.

Rinne Caoimhe leithscéal le Neasán ina téacs. Dúirt sí go raibh brón uirthi go raibh sí giorraisc leis nuair a d'fhág sí an chlúid. Gur thuig sí go raibh sé deacair air a scéal a insint di.

Chabhraigh Aisling le Neasán téacs nua a scríobh chuig Caoimhe. Chabhraigh sí leis litir chumainn a scríobh chuig bean eile.

Litrigh Neasán na focail ar fad sa téacs go cruinn. Níor thaitin noda téacsála leis.

Táim saor anocht agus i rith na seachtaine. Cuir glaoch orm aon uair, le do thoil, má tá fonn cainte ort fós. Tuigim go maith go raibh sé deacair ort éisteacht le mo scéal.

D'fhan Aisling agus Neasán ag comhrá tamall beag eile. Labhair siad faoi dhúchas agus roghanna. Na roghanna, mar shampla, idir éalú nó glacadh le do shaol. Idir glacadh le do shaol nó dul i ngleic leis. D'aontaigh siad nach raibh freagraí simplí ar fáil. Bhí misneach ag teastáil, a dúirt Neasán, nuair a bhí tú difriúil leis an slua.

D'fhág Aisling slán leis ag doras an Phléaráca. Gheall siad casadh lena chéile ag deireadh na seachtaine. Bhí Neasán díreach ar tí imeacht nuair a thosaigh an fón ina phóca ag bualadh. Chonaic Aisling an loinnir ina shúile nuair a d'fhreagair sé é.

Sheas sí ag an doras tamall. Bhí gliondar agus tocht bróin uirthi in aon turas. Bhí sí ag smaoineamh ar thoitín a lasadh nuair a chuala sí guthanna ag beannú di.

Clifden agus Maidhc a bhí ann. Tháinig siad amach as an tábhairne, a dúirt Clifden, chun lán béil d'aer a fháil. D'éirigh an bheirt acu as toitíní, a d'inis Maidhc di, le linn a gcúrsa Gaeilge i gConamara. Ach thaitin an boladh leo fós.

Níor bhac Aisling le toitín ar bith a chaitheamh. Shuigh sí síos leis an mbeirt fhear sa tábhairne. Bhí

Sadhbh ag an mbord ar feadh tamaill freisin. Bhí comhrá aici le Seán seal eile. D'éirigh an tábhairne te, torannach, gnóthach. Bhí ort labhairt isteach i gcluas an té in aice leat.

Chuir an tábhairne sceitimíní ar Aisling. Níor theastaigh uaithi a saol a chaitheamh istigh i gclúid bheag chiúin.

D'fhág Maidhc an Pléaráca chun dul go dtí caifé idirlín thíos an bóthar. Bhí teach saoire ag a mháthair is a aintín sa Spáinn, a d'inis sé d'Aisling. Chuireadh sé ríomhphost chucu gach anois is arís. Theastaigh uaidh a insint dóibh faoin gceacht iontach Gaeilge a bhí ag an rang anocht.

Bhí Aisling ina seasamh ag an mbeár. Tháinig fear an bheáir chuici leis an dá dheoch a d'ordaigh sí. Gloine fíona di féin, agus pionta leanna do Clifden.

Bhí sé meallltach, ceart go leor. Meallltach, gealgháireach, cainteach.

Deoch amháin eile roimh am dúnta. Comhrá spóirtiúil le Clifden. Nuair a thairg sí deoch dó, rinne sé miongháire mór groí léi. Cinnte, a dúirt sé, ba bhreá liom deoch eile a ól leat. Go raibh macnas agat!